Mrs. Raffles

ist das Abenteuer einer Amateur-Crackfrau

John Kendrick Bangs

Writat

AF348373

Diese Ausgabe erschien im Jahr 2024

ISBN: 9789359947556

Herausgegeben von
Writat
E-Mail: info@writat.com

Nach unseren Informationen ist dieses Buch gemeinfrei.
Dieses Buch ist eine Reproduktion eines wichtigen historischen Werkes. Alpha Editions verwendet die beste Technologie, um historische Werke in der gleichen Weise zu reproduzieren, wie sie erstmals veröffentlicht wurden, um ihre ursprüngliche Natur zu bewahren. Alle sichtbaren Markierungen oder Zahlen wurden absichtlich belassen, um ihre wahre Form zu bewahren.

Inhalt

I
DAS ABENTEUER DES *HERALD* PERSÖNLICH

Dass ich mich in einer schwierigen Situation befand, lässt sich am besten daran erkennen, dass sich, als ich meinen Sunday *Herald bezahlt hatte, in meiner Handtasche nur noch eine* Tuppence-Ha'Penny- Briefmarke und zwei Kupfercents befanden , einer aus dem Jahr 1873, der andere aus dem Jahr 1894. Die Der bloße Zufall, dass ich mich zu diesem Zeitpunkt, achtzehn Monate später, an das Datum dieser Münzen erinnern kann, sollte ein Beweis für die Bedeutung der Kupfermünzen in meinen Augen und damit für die relative Knappheit der in meinem Besitz befindlichen Gelder sein, falls überhaupt welche nötig waren. Raffles war tot – getötet, wie Sie sich vielleicht erinnern, in der Schlacht von Spion Kop – und ich, sein Gefährte, der nie Not gekannt hatte, während seine geschickten Finger in der Lage waren, die Pläne seines einfältigen und wunderbaren Geistes auszuführen , war jetzt, in der Umgangssprache des Amerikaners, dagegen. Ich war in die Vereinigten Staaten gekommen, nicht weil ich Gefallen an diesem Land und seinen Menschen fand, die, um die Wahrheit zu sagen, zu scharfsinnig für einen gewöhnlichen Einbrecher wie mich sind, sondern weil ich nach dem Ende des Krieges gehen musste Irgendwo, und englischer Boden konnte von jemandem, der aus beruflichen Gründen gezwungen war, sich dem Adlerauge von Scotland Yard zu entziehen, nicht sicher betreten werden, bis die Verjährungsfrist anfing, irgendeinen Einfluss auf seinen Fall zu haben. Die letzte Affäre von Raffles und mir, bei der es uns gelungen war, mit dem Diamantenschmuggel der Herzogin von Herringdale davonzukommen , war in britischen Detektivkreisen immer noch eine lebhafte Angelegenheit, und gerade die Kühnheit des Verbrechens hatte uns definitiv die Verantwortung dafür auferlegt Schultern. Daher war es für mich Amerika, wo man so englisch sein konnte, wie man wollte, ohne den Gesetzen seiner Majestät, König Edward VII., von Großbritannien und Irland und diversen anderen Besitztümern unterworfen zu sein, in denen die Sonne selten oder nie untergeht. Zwei Jahre lang hatte ich ein prekäres Leben geführt und im Land der Seide und des Geldes nicht ganz so viele Möglichkeiten gefunden, meinen Wohlstand zu steigern, wie der amerikanische Kriegskorrespondent, den ich in Transvaal getroffen hatte, erwartet hatte. Nachdem ich sechs Monate lang erfolgreich Vorlesungen zum Thema Buren an verschiedenen Lyzeen des Landes gehalten hatte, geriet ich tatsächlich in einen Zustand der Armut, der mich tatsächlich zu Diebstählen der kleinlichsten und vulgärsten Art trieb. Es gab kaum einen gemeinen Diebstahl, den ich nicht begangen hätte. Während der Kohlenhunger z. B. pflegte ich mir jeden Tag, wenn ich auf den Kohlenhöfen hin und her ging, ein einzelnes Stück des kostbaren Anthrazits anzueignen, bis ich in den Besitz eines Eimers gelangte , und diesen verkaufte ich zu Preisen an die leidenden Armen zwischen drei Schilling und zweieinhalb Dollar – ein wirklich prekärer Lebensunterhalt. Die einzige Erleichterung, die ich sechs Monate lang erhielt, war die Vergewaltigung des Hansom-Cab, die ich erfolgreich durch eine bitterkalte Nacht im Januar führte. Ich mietete das Fahrzeug am Madison Square und fuhr zu einer kleinen Taverne an der Boston Post Road, wo mir die eisige Kälte des Tages einen Vorwand bot, meinen Taxifahrer unter dem Vorwand der Freundlichkeit zu betrinken. Ich habe ihn im betrunkenen Zustand sicher entsorgt, sein abgestumpftes Pferd zurück in die Stadt gefahren, vor Tagesanbruch fünfzehn Dollar mit ihm verdient und dann, nachdem ich das Taxi im Central Park verlassen hatte, das Pferd für achtzehn Dollar an einen Schneeräumunternehmer verkauft auf der Ostseite. Für mich, den geborenen Gentleman und Partner einer so berühmten Person wie dem verstorbenen A. J. Raffles, war es eine Demütigung, zu solch elenden Taten greifen zu müssen, um Körper und Seele zusammenzuhalten, aber ich war gezwungen, das zu gestehen, egal, was Raffles hatte Mir als Vorbild überlassen, war ich ihm weder in der Vorstellung von Verbrechen noch im Mut, ein großes Unternehmen zu verwirklichen, ebenbürtig. Meine größten Staatsstreiche scheiterten gleich zu Beginn – was so ziemlich der einzige Segen war, den ich genoss, da keiner von ihnen weit genug fortgeschritten war, um meine Freiheit zu gefährden, und da ich keine Konföderierten hatte, war ich natürlich nicht in der Lage, die profitable Serie durchzuhalten der Entführungen in der Welt der Hochfinanz, über die ich nachgedacht hatte. Daher mein Unglück, und jetzt, an diesem schönen Sonntagmorgen, mittellos bis auf die Kupfermünzen und die Briefmarke, ohne Frühstück in Sicht und glücklicherweise nicht einmal mit Appetit, suchte ich Trost in meiner Morgenzeitung.

„DAS WÜRDE ICH DEN LEIDENDEN ARMEN VERKAUFEN"

Als ich die persönliche Kolumne, die seit Jahren meine Lieblingslektüre am Sonntagmorgen ist, durchsuchte, fand ich die übliche Auswahl an ehelichen Unternehmungen verzeichnet: erbärmliche Appelle von P. D., sich mit Q. um drei Uhr an der Ecke Twenty-Third Street zu treffen ; flehentliche Bitten von J. A. K., sofort zu „seiner einzigen Mutter" zurückzukehren, die verspricht, keine Fragen zu stellen; und schließlich – konnte ich glauben, dass mein Blick jetzt auf das Wort gerichtet war? – mein eigener Spitzname, so kühn und deutlich gedruckt, als wäre ich ein Patentheilmittel für alle bekannten menschlichen Leiden. Es schien unglaublich, aber da war es über alle Maßen:

„ GESUCHT . – Ein Butler. BUNNY bevorzugt. Bewerben Sie sich bei Mrs. A. J. Van Raffles, Bolivar Lodge, Newport, Rhode Island."

Auf wen könnte sich das beziehen, wenn nicht auf mich selbst, und was könnte es bedeuten? Wer war diese Frau A. J. Van Raffles? – ein Name, der dem meiner toten Freundin so ähnlich war, dass er fast identisch schien. Meine Neugier wurde auf den Konzertton geweckt. Wenn diese seltsame Werberin … Aber nein, sie würde mich nicht nach diesem stürmischen Interview schicken, in dem sie mich dazu überredete, die Hand von Raffles anzunehmen: dem brillanten, faszinierenden Raffles, der seine Isabella von Ferdinand, Chloe von gewonnen hätte ihr Corydon, Pierrette aus Pierrot – ja, sogar Heloise aus Abaelard. Ich konnte es nie übers Herz bringen, Henriette dafür verantwortlich zu machen, dass sie ihr Herz an ihn verloren hatte, obwohl sie es mir bereits versprochen hatte, denn ich selbst konnte der Faszination des Mannes, an dessen Seite ich auch nach dem Diebstahl treu arbeitete, nicht widerstehen Von mir dieser teuerste Schatz meines Herzens. Und doch, wer sonst könnte es sein, wenn nicht die schöne Henriette? Sicherlich war die Kombination von Raffles, mit oder ohne Van, und Bunny nicht so üblich, dass ein so bemerkenswerter Zufall möglich gewesen wäre.

„Ich werde sofort nach Newport gehen", rief ich, stand auf und lief aufgeregt auf und ab, denn oft hatte ich, während ich meine Einsamkeit verfluchte, von Henriette geträumt und mich in letzter Zeit immer häufiger gefragt, was aus ihr geworden war , und dann brach die Hilflosigkeit meiner Lage mit voller Wucht über mich herein. Wie soll ich, der mittellose Wanderer in New York, zur Bolivar Lodge in Newport gelangen? In diesem schmutzigen Land braucht man Geld, um sich fortzubewegen, genau wie in Großbritannien – in der traurigen Wahrheit unterscheiden sich die Dinge im Detail kaum, ob man unter einem König oder einem Präsidenten lebt; Armut ist genauso schwer zu ertragen, und Freikarten für die Eisenbahn sind ebenso rar.

„Fluch auf diese Plutokraten!" Ich murmelte, als ich an die Eisenbahndirektoren dachte, die im Reichtum wüteten und Züge voller leerer Sitze von und zu dem Ort fuhren, der mein Vermögen enthalten könnte, und ich konnte sie nicht in Anspruch nehmen, weil mir ein oder zwei dürftige Dollar fehlten. Doch plötzlich schoss mir der Gedanke durch den Kopf: Telegraphenabruf. Wenn sie es ist, wird sie sofort antworten.

Und so kam es, dass eine Stunde später die folgende Nachricht über die Leitungen ging:

„Persönlicher heutiger *Herald* erhalten. Telegraphen-Bahnfahrpreis und ich werde sofort zu Ihnen gehen."

(Unterzeichnet),
HASE .

Drei tödliche Stunden lang lief ich fieberhaft durch die Straßen und wartete auf die Antwort, und um halb drei kam sie, was mein Gewissen ziemlich beunruhigte:

„Wenn Sie kein falscher Hase sind, wissen Sie, wie Sie das Geld auftreiben können. Wenn Sie ein falscher Hase sind , will ich Sie nicht."

Es war einfach, direkt und überzeugend, und mein Herz flatterte in dem Moment, als ich es las, wie der morgendliche Aufruf des Trommelschlags zum Handeln.

„Der gesamte Inhalt und auch die Platte fielen mir zu Füßen"

"Von Jove!" Ich weinte. „Die Frau hat natürlich recht. Es muss Henriette sein, und ich gehe zu ihr, wenn ich einen Nickel-in-the-Slot-Automaten ausrauben muss."

Es war wie früher. Ich war immer kleinmütig, bis mir jemand etwas Mut machte. Ein lobendes oder anfeuerndes Wort von Raffles in den alten Tagen und ich war bereit, Gibraltar niederzuschlagen, ein wenig entmutigt und ein Lappen war neben mir eine Panzerplatte.

„„Wenn du kein falscher Hase bist, wirst du es wissen"", las ich und breitete die Botschaft vor mir aus. „Das heißt, *sie* glaubt, dass ich das Unüberwindbare überwinden kann, wenn ich wirklich ich selbst bin . Gott sei Dank! Ich werde es schaffen." Und ich machte mich eilig auf den Weg die Fifth Avenue hinauf, in der Hoffnung, einen Plan zu finden, um meine Bedürfnisse zu befriedigen, oder indem ich in der lauen Luft des

Frühlingsnachmittags nachdachte, einen Plan zu finden. Aber irgendwie würde es nicht kommen. Es gab keine Taschen, die auf normale Weise geplündert werden konnten. Ich hatte nicht das nötige Geld für eine Fahrt auf der Oberfläche oder in Hochwagen, wo ich vielleicht eine Gelegenheit gefunden hätte, einem Reisenden seine Handtasche zu erleichtern, und was die Möglichkeit anging, einem Käufer so etwas zu entreißen, war Sonntag und die Frauen würden das tun waren an einem Schnäppchentag eine leichte Beute und trugen weder Handtasche noch Seitentasche bei sich. Ich war verzweifelt, und dann läuteten die läutenden Glocken von St. Jondy's, der geistigen Heimat der Multimillionäre von New York, den Ruf zum Nachmittagsgottesdienst. Es war wie eine Einladung – der Weg war klar. Mein Plan war im Handumdrehen ausgearbeitet und er hat meine hoffnungsvollsten Erwartungen übertroffen. Als ich die Kirche betrat, wurde ich zu einer Bank etwa auf halber Höhe des Mittelgangs geführt – trotz meiner Armut hatte ich es geschafft, mich immer gut gepflegt zu halten, und niemand hätte es geahnt, meinen makellosen Gehrock und die ordentliche Bügelfalte zu betrachten Hosen, meine fein behandschuhte Hand und der polierte Zylinder, so dass meine Taschen kaum einen Messinggroschen enthielten. Der Gottesdienst ging weiter. Eine gute Predigt über die Eitelkeit des Reichtums fand Eingang in meine Ohren, und dann kam der höchste Moment. Der Kollektenteller wurde weitergereicht, und ich hielt meine beiden Pennys in der Hand und wollte sie auf das Tablett legen, aber mit geübter Unbeholfenheit schlug ich den Almosenteller aus den Händen des Herrn, der ihn weiterreichte. Der gesamte Inhalt und auch die Platte fielen mir zu Füßen, und von meinen Lippen strömten in ehrfürchtigem Flüstern endlose bittere Entschuldigungen. Natürlich half ich dabei, die heruntergefallenen Scheine und Münzen einzusammeln, und in kürzerer Zeit, als es nötig wäre, um es zu sagen, machte sich der Sakristeimann auf den Weg den Gang hinauf und sammelte dabei so unbewusst die Spenden anderer großzügig gesinnter Personen ein Der *Streit* hatte nie stattgefunden, und ich war mir glücklicherweise nicht bewusst, dass von dem Geld, das durch meine ungeschickte Tat zu Boden geworfen wurde, zwei vergilbte Fünfzig-Dollar-Scheine, fünf halbe Dollar und ein Zehncentstück unter dem Kissen zu meinen Füßen zurückblieben, wohin ich ging hatte es geschafft, sie mit meinem Zeh anzustoßen, während ich mich entschuldigte.

Eine Stunde später, nachdem ich bei Delsherrico's herzhaft zu Abend gegessen hatte, machte ich mich auf dem Weg in die Sozialhauptstadt der Vereinigten Staaten gemütlich in einem Pullman-Auto auf den Weg und machte ein Nickerchen.

DAS ABENTEUER DER NEWPORT VILLA

Es ist für mich kaum nötig, die Geschichte meiner Eisenbahnreise von New York nach Newport im Detail zu beschreiben. Es verlief ereignislos und unproduktiv, bis auf das letzte Ende, als ich bei der Ankunft des Zuges in Wickford feststellte, dass der wohlhabend aussehende Herr auf dem Weg nach Boston, der im Pullman-Wagen neben mir saß, tief und fest schlief tauschte meinen abgetragenen Mantel gegen seinen reich gefertigten, mit Zobel gefütterten Überrock ein und machte sich ebenfalls mit seinem Koffer auf den Weg, weil er die Chance hatte, dass sich darin etwas befand, das später einem meiner vielen Zwecke dienen könnte. Ich erwähne dies nur am Rande, weil der Koffer, der alle wesentlichen Merkmale der Abendgarderobe eines Gentlemans enthielt, sogar drei prächtige Perlenknöpfe am Busen eines makellos weißen Hemdes, wunderbarerweise alle so perfekt war passend, als wären sie für mich gemacht worden, mit hundert nicht registrierten Ersthypothekenschuldverschreibungen der United States Steel Company – von denen es in Kürze noch mehr Sicherheiten geben wird – ermöglichten es mir später, in einem so wohlhabenden Gewand vor Frau Van Raffles zu erscheinen um eine sofortige Erneuerung ihrer Gunst zu gewinnen.

„Wir werden eine fast so großartige Kombination sein wie der ursprüngliche Bunny", rief sie begeistert, als ich ihr von diesem Coup erzählte. „Mit meinem Verstand und deinem blinden Glück kann uns nichts aufhalten."

Als ich zur Bolivar Lodge fuhr, hatte ich gemischte Gefühle. Ich liebte Henriette immer noch wahnsinnig, aber der Kontrast zwischen ihrem gegenwärtigen Luxus und meinem jüngsten Elend ging mir schwer auf die Nerven. Ich konnte mich des Gedankens nicht entledigen, dass Raffles ihr von dem geheimen Versteck des Diamantenhändlers der Herzogin von Herringdale erzählt hatte und dass sie den gesamten Erlös aus dem Verkauf für sich selbst verwendet hatte und es mir überlassen hatte, der es getan hatte Ich habe meine Freiheit riskiert, um es zu bekommen, ohne auch nur einen Penny als Entschädigung für meine Mühen zu erhalten. Es erschien mir nicht ganz angemessen, und ich muss gestehen, dass ich die Dame vorwurfsvoll begrüßte. Sie war es tatsächlich, und strahlender als je zuvor – vielleicht ein wenig dünner, und ihre Augen waren mehr kälter durchdringend als wie früher verführerisch gewinnend, aber immer noch Henriette, die ich einst so wahnsinnig geliebt hatte und die mich zum Besseren beschimpft hatte Mann.

„Lieber alter Hase!" sie murmelte und streckte beide Hände zur Begrüßung aus. „Nur daran zu denken, dass wir uns nach all den Jahren und in einem fremden Land und unter solchen Umständen wiedersehen sollten!"

„Es ist seltsam", sagte ich und ließ meinen Blick durch den Salon schweifen, der hinsichtlich Ausstattung und Dekoration so ziemlich das Prächtigste war, was ich jemals gesehen habe, weder bei Tageslicht noch in den geheimnisvollen Einblicken, die man bekommt mit einer dunklen Laterne der Häuser der wohlhabenden Klassen. „Es kommt mir mehr als seltsam vor", fügte ich bedeutsam hinzu, „Sie von solch einem Luxus umgeben zu sehen. Eine sogenannte Lodge aus feinstem italienischen Marmor; Gärten, die für den Palast eines Königs geeignet wären; ein Gefolge von Dienern wie …" wie man auf den herzoglichen Anwesen der stolzesten Familien Englands kaum ein Herrenhaus findet, das mit Kunstschätzen ausgestattet ist, von denen jeder das Lösegeld einer Königin wert ist."

„Ich wundere mich nicht, dass Sie überrascht sind", antwortete sie und blickte sich mit einem zufriedenen Lächeln im Raum um, das wenig dazu beitrug, meinen wachsenden Zorn zu lindern.

„Es lässt auf jeden Fall Raum für Erklärungen", erwiderte ich kühl. „Natürlich, wenn Raffles Ihnen sagen würde, wo die Herringdale- Juwelen versteckt waren und Sie sie entsorgt hätten, könnte ein Teil davon erklärt werden; aber was ist mit mir? Ist Ihnen jemals in den Sinn gekommen, dass ich Anspruch auf einen Teil davon hatte?" Beute?"

„Oh, du armer, misstrauischer alter Hase", sagte sie. „Habe ich nicht nach dir geschickt, um dir etwas davon zu geben – obwohl du es wirklich nicht verdienst, denn *das* ist alles meins? Ich habe genauso wenig Ahnung, was aus den Herringdale- Juwelen geworden ist, wie die Herzogin von Herringdale selbst ." ."

"Was?" Ich weinte. „Dann ist diese Umgebung –"

„Sind selbstmöbliert", sagte sie mit einem fröhlichen kleinen Lachen, „und das alles nach einem eigenen Plan, Bunny. Dieses Haus ist, wie Sie vielleicht nicht wissen, der ehemalige Wohnsitz von Mr. und Mrs. Constant Scrappe —"

„Die sich gegenseitig auf Scheidung verklagen", fügte ich hinzu, denn ich kannte die ständigen Streitereien im gesellschaftlichen Leben, und wer nicht, denn ein gutes Drittel der Gesellschaftsthemen des Tages beschäftigten sich mit den Eheschwierigkeiten dieser Persönlichkeiten Paar.

„Genau", sagte Henriette. „Jetzt ist Mrs. Scrappe in South Dakota und baut eine Residenz auf, und Colonel Scrappe ist in Monte Carlo und lässt sein Geld mit Hilfe eines Rades und einer kleinen Kugel in Umlauf bringen. Bolivar Lodge mit seiner schönen Sammlung alter Möbel, seinen prächtigen Jadesteinen, …" Wunderbare orientalische Töpferwaren, Gemälde und unzählige kleine Silbergegenstände sind hier in Newport zurückgelassen und können vermietet werden, als dass ich, da ich eine Residenz brauche, deren

Belegung an sich schon eine Sicherung meiner gesellschaftlichen Stellung wäre, sie schnappen sollte mit einem Eifer aufzustehen, der in dieser Newport-Atmosphäre fast einem Verrat an plebejischer Herkunft gleichkam?"

„Aber es muss ein Vermögen kosten!" Ich weinte und blickte um mich herum auf die Pracht des Raumes, der sich schon bei flüchtiger Betrachtung als unschätzbar wertvoll erwies. „Dieses Cloisonné-Glas drüben am Kamin ist allein zweihundert Pfund wert."

„Das ist genau der Grund, warum ich dieses besondere Haus wollte, Bunny. Das ist auch der Grund, warum ich deine Hilfe bei der Instandhaltung brauche", gab Mrs. Raffles zurück.

„Die Frau ist immer ein Rätsel", antwortete ich mit einem harten Lachen. „Warum um Himmels Willen denkst du, ich kann dir helfen, deine Miete zu bezahlen –"

„Es kostet nur 2500 Dollar im Monat, Bunny", sagte sie.

Meine Antwort war ein schallendes, spöttisches Gelächter.

"Sie hören!" Ich weinte und wandte mich an die leere Luft. „Nur 2500 Dollar im Monat! Meine liebe Henriette, wenn es 2500 Muscheln pro Jahrhundert wären, könnte ich dir nicht dabei helfen, die Miete für einen Tag zu bezahlen, ich bin so in der Klemme. Bis heute Nachmittag hatte ich Seit fast sechs Monaten bin ich so arm, dass ich um Mitternacht meinen Morgenkaffee aus den Kaffeewagen der New Yorker, Bostoner und Chicagoer Sportzeitungen trinken musste Monatelang habe ich kein Table-d'hôte-Dinner probiert, das ein Experte auf fünfzehn Cent netto schätzen würde, und dennoch bitten Sie mich, Ihnen bei der Zahlung von 2500 Dollar pro Monat für die Miete für einen Palast in Newport zu helfen. Sie müssen verrückt sein!

„Sie sind derselbe geschwätzige alte Hase wie früher", sagte Mrs. Raffles scharf, aber mit einem Anflug von Zuneigung in der Stimme. „Du kannst deine Falle nicht eine Sekunde lang geschlossen halten, oder? Weißt du, Bunny, was der gute alte A. J. zu mir gesagt hat, kurz bevor er nach Südafrika ging? Um es in Worte zu fassen, Sie wären ein Wunder. Seine genaue Bemerkung war, dass wir beide auf Sie aufpassen müssten, aus Angst, Sie würden die ganze Angelegenheit lächerlich machen „Harry", sagte er am Abend vor seiner Abreise, „falls ich im Transvaal sterbe und du dich dafür entscheidest." Führen Sie das Geschäft fort und kommen Sie so lange wie möglich ohne einen Pressevertreter aus. Wenn Sie auf die Bühne gehen, umgeben Sie sich mit ihnen , aber im Einbruchsgeschäft sind sie ein Ärgernis.

Meine Antwort war ein mürrisches Schulterzucken.

„Du hast mir keine Gelegenheit gegeben zu erklären, wie du mir helfen sollst. Ich bitte dich nicht um Geld, Bunny. Vier Dollar an Gehorsam ist alles, was ich will", fuhr sie fort. „Das tragbare Eigentum in diesem Herrenhaus ist ungefähr eine halbe Million Dollar wert, mein Junge, und ich möchte, dass du – nun ja, mein offizieller Pförtner bist. Ich habe dieses Haus sofort in Besitz genommen und meine erste Monatsmiete mit dem Erlös bezahlt Ein Verkauf von drei alten Bettgestellen, die ich im obersten Stockwerk gefunden habe, sechs Stücke von Sèvres Porzellan aus dem südöstlichen Schlafzimmer im Stockwerk darüber und eine Satsuma-Vase, die ich in einem Flurschrank im dritten Stockwerk entdeckt habe.

Mir begann ein Licht aufzudämmern.

„Bevor ich hierher kam , fristete ich in New York ein erbärmliches Dasein als Käuferin für einen Antiquitätenhändler in der Fourth Avenue", erklärte sie. „Er denkt, ich arbeite immer noch für ihn und reise durch das Land auf der Suche nach Schnäppchen in High-Boys, Mahagoni-Schreibtischen, antiken Tischen, Kleiderschränken, Bettgestellen – kurz gesagt, wertvollem Kram im Allgemeinen. Verstehen Sie das ? "

„Als Mrs. Raffles – oder Van Raffles, wie Sie es jetzt haben?" Ich forderte.

„Oh, Bunny, Bunny, Bunny! Was für ein Dummkopf Sie sind! Niemals! Als Miss Pratt-Robinson", antwortete sie. „Damit verdiene ich fünfzehn Dollar pro Woche. Die Quellen des Materials, das ich ihm schicke – nun ja – siehst du jetzt, Bunny?"

„Es wird immer klarer", sagte ich. „Sie denken darüber nach, die Miete dieses Hauses samt Inhalt zu bezahlen, nicht wahr?"

„Was für eine schöne Intelligenz du hast, Bunny!" Sie lachte leichthin. „Sie kennen einen Habicht von einer Handsäge. Niemand kann ein Auto für ein Pferd halten, oder, lieber Hase? Nicht, solange Sie Ihr Adlerauge weit geöffnet haben. Ja, Sir. Das ist das „ *Ich werde die Miete für dieses Herrenhaus mit Inhalt für* eine halbe Million Dollar bezahlen, das heißt, wie lange?"

„Gad! Henriette", rief ich. „Du bist Raffles würdig, das schwöre ich. Du kannst mit der Miete für sechzehn Jahre locker sein."

„Das ist ungefähr die Größe, die diese Leute aus Newport haben", sagte Mrs. Raffles und strahlte mich an.

„Ich tappe immer noch im Dunkeln, wo ich reinkomme", sagte ich.

„Versprich mir, meinen Anweisungen bedingungslos zu gehorchen", sagte Henriette, „und du wirst deinen Anteil an der Beute erhalten."

„Henriette-", rief ich leidenschaftlich und ergriff ihre Hand.

„Nein – Bunny – nicht jetzt", widersprach sie sanft. „Dies ist keine Zeit für Gefühle. Versprich einfach, zu gehorchen, die Liebes- und Ehrensache kommt vielleicht später."

„Das werde ich", sagte ich.

„Nun denn", fuhr sie fort, wobei ihre Farbe immer heller wurde und sie schnell sprach, „sollten Sie sofort nach New York zurückkehren und drei Koffer mitnehmen, die ich bereits gepackt habe und die eine der schönsten Sammlungen von Jadeornamenten enthalten." Sie werden eine möblierte Wohnung in irgendeinem Adelsviertel mieten, als ob Sie ein Kenner wären, und am nächsten Donnerstag, wenn Herr Harold Van Gilt Sie aufsucht, um Ihre Sammlung zu besichtigen verkaufe es ihm für nicht weniger als achttausend Dollar.

"Aha!" sagte ich. „Ich sehe den Plan."

„Das werden Sie mir hier sofort überweisen", fuhr sie aufgeregt fort. „Herr Van Gilt wird bar bezahlen."

Ich lachte. „Warum achttausend?" Ich forderte. „Leben Sie über Ihr – äh – Einkommen hinaus?"

„Nein", antwortete sie, „aber die Miete für den nächsten Monat ist am Dienstag fällig, und ich schulde meinen Dienern und Handwerkern noch 2500 Dollar."

„Selbst dann werden es noch dreitausend Dollar sein", warf ich ein.

„Stimmt, Bunny, stimmt. Aber ich werde alles brauchen, Liebes. Ich bin am Sonntagnachmittag zum P. J. D. Gasters eingeladen, um Bridge zu spielen", erklärte Henriette. „Wir müssen uns auf Notfälle vorbereiten."

Am selben Abend kehrte ich mit dem Boot nach New York zurück und hatte es am Mittwoch sicher in einer sehr schön eingerichteten Junggesellenunterkunft in der Nähe des Gramercy Square untergebracht, wo Mr. Harold Van Gilt am Donnerstag vorbeikam, um sich meine Jadesammlung anzusehen, die ich wegen eines geplanten Kaufs verkaufte fünfjährige Reise in den Osten. Am Freitag nahm Herr Van Gilt die Sammlung in Besitz, und in dieser Nacht ging ein Scheck über achttausend Dollar an Frau Van Raffles in Newport. Übrigens habe ich zweitausend Dollar auf mein eigenes Guthaben überwiesen. Wie ich herausgefunden habe, war, wenn Van Gilt bereit war, zehntausend Dollar für das Zeug zu zahlen, und Henriette bereit war, achttausend Dollar dafür zu nehmen, niemand der Verlierer, wenn ich zweitausend Dollar einsteckte – es sei denn, es war vielleicht Mr . und Frau Constant Scrappe , der die Ware gehörte. Aber das ging mich nichts an. Ich habe direkt mit den anderen gespielt, und das war für mich alles.

III

DAS ABENTEUER DER MRS. GASTERS MAGD

Zwei Tage nach meinem Handel mit Mr. Harold Van Gilt, bei dem er in den Besitz der Scrappe-Jade gelangte und Mrs. Van Raffles und ich uns den Erlös des Zehntausend-Dollar-Schecks teilten, wurde ich als Oberbutler und Verwalter in der Bolivar Lodge eingesetzt , mein Gehalt soll aus dem bestehen, was ich nebenbei dazuverdienen kann, plus zehn Prozent. vom Gewinn meiner Herrin. Es dauerte nicht lange, bis ich merkte, dass der Job lukrativ war. Von verschiedenen Händlern der Stadt erhielt ich Geschenke von nicht geringem Wert, manchmal in Form von diamantenen Schalnadeln, goldenen Ärmelknöpfen, Kisten mit erlesenen Weinen für den Eigenbedarf und in ein oder zwei Fällen Schecks von beträchtlichem Wert. Es gab auch einen sogenannten Steward-Rabatt auf die monatlichen Rechnungen, der in Kreisen, in denen üppige Unterhaltung an der Tagesordnung ist, an sich schon ein ordentliches kleines Einkommen ausmachte. Meine einzige Verlegenheit bestand darin, dass ich zwangsläufig mit anderen Butlern in Berührung kam, mit denen ich zwangsläufig Umgang haben musste. Das ging zunächst sehr gegen den Strom, denn obwohl ich kaum mehr als ein Dieb bin, bin ich doch ein Künstler und hege immer noch die Vorurteile gegenüber minderwertigen Assoziationen, die ein englischer Gentleman, ganz gleich wie wechselhaft seine Karriere auch sein mag, niemals ganz überwinden kann sich loswerden. Ich musste ihrem Club beitreten – einer exklusiven Organisation von Butlern und „Gentlemen's Gentlemen" – ansonsten Kammerdienern – und um jeden Verdacht über meinen wahren Status im Van-Raffles-Haushalt auszuräumen, war ich gezwungen, die Rolle auf eine Art und Weise zu spielen, die mich empörte . Ansonsten war die Stelle angenehm und, wie ich bereits angedeutet habe, mehr als lukrativ.

Es dauerte nicht viele Tage, bis ich herausfand, dass Henriette eine würdige Nachfolgerin ihres verstorbenen Mannes war. Es entgingen ihr nur wenige Gelegenheiten zum persönlichen Gewinn, und ich konnte im Laufe der Zeit beobachten, wie sich die Anhäufung von Löffeln, Gabeln, Nussknackern und Spielereien im Allgemeinen ansammelte, die sie nach ihren Besuchen oder Abendessen mit Modedamen mit nach Hause nahm dass sie diese Qualität wahren Genies besaß, die niemals die kleinsten Details übersieht.

Der erste große Coup nach meiner Ankunft war das Ergebnis ihres Genies in der Affäre mit Mrs. Gasters Dienstmädchen. Henriette war an einem Brückennachmittag bei Frau Gaster gewesen und zeigte bei ihrer Rückkehr ein außerordentliches Maß an Aufregung. Ihre Farbe war hoch, und wenn sie sprach, zitterte ihre Stimme. Ihr gestörter Zustand war so offensichtlich, dass mir das Herz in die Hose sank, denn für uns sind Geschäftsnerven eine *unabdingbare Voraussetzung* für den Erfolg, und es sah für mich so aus, als würde Henriette ihre Nerven verlieren. Wahrscheinlich hat sie heute beim Kartenspielen verloren, dachte ich, und das hat ihre übliche Ruhe beeinträchtigt. Ich muss etwas tun, um sie vor dieser vorübergehenden Schwäche zu warnen. Mit dieser Idee im Hinterkopf sprach ich , als sich später die Gelegenheit bot.

„Du hast heute auf der Brücke verloren, Henriette", sagte ich.

„Ja", antwortete sie. „2500 Dollar in zwei Stunden. Wie haben Sie das erraten?"

„Durch deine Art", sagte ich. „Du bist so nervös wie ein junges Mädchen bei einer Abschlussfeier. Das geht nicht, Henriette. Nervosität wird deinen Ruin bedeuten, und wenn du deine Verluste beim Bridge nicht ertragen kannst, was?" Werden Sie dies angesichts der größeren Krise tun, mit der wir in unserem Beruf jeden Moment in Form eines unerwarteten Polizeibesuchs konfrontiert sein werden?"

Ihre Antwort war ein schallendes Lachen.

„Du absurder alter Hase", murmelte sie. „Als ob mir meine Verluste beim Bridge wichtig wären! Warum, mein lieber Bunny, ich habe das Geld mit Absicht verloren. Du glaubst doch nicht, dass ich meine Beliebtheit bei diesen Newport-Damen aufs Spiel setzen werde, indem ich gewinne, oder? Ich nicht," Mein Junge. Zum Wohle unserer Sache ist es meine Aufgabe, stetig und mit gutem Gewissen zu verlieren. Das beweist meine Liebenswürdigkeit und bestätigt meine Popularität.

„Aber etwas regt dich sehr auf, Henriette", sagte ich. „Das kannst du nicht leugnen."

„Das tue ich nicht – aber es ist die Aussicht auf zukünftige Gewinne, nicht die Realität gegenwärtiger Verluste, die mich aus der Fassung gebracht hat", sagte sie. „Wen glaubst du, habe ich heute bei Mrs. Gaster gesehen?"

„Keine Detektive, hoffe ich", antwortete ich und wurde bei dem Gedanken blass.

„Nein, Sir", lachte sie. „Mrs. Gasters Dienstmädchen. Wir müssen sie holen, Bunny."

„Oh, Tush!" Ich habe ejakuliert. „Dieses ganze Powwow über das Dienstmädchen einer anderen Frau!"

„Du verstehst es nicht", sagte Henriette. „Es war nicht so sehr das Dienstmädchen, sondern die Frau, die mich erschreckt hat, Bunny. Du kannst nicht erraten, wer sie war."

„Wie soll ich?" Ich forderte.

„Sie war Fiametta de Belleville, eine der geschicktesten Hände in unserem Geschäft. Der arme alte Raffles pflegte zu sagen, dass sie sein Einkommen um gut zehntausend Pfund pro Jahr schmälerte, indem sie ihre gute Arbeit früher erledigte als seine“, erklärte Henriette. „Er hat sie mir einmal in Piccadilly gezeigt und ich habe ihr Gesicht nie vergessen.“

„Ich hoffe, sie hat dich nicht erkannt“, bemerkte ich.

„Nein, in der Tat – sie hat mich nie zuvor gesehen, wie konnte sie also? Aber ich kannte sie in dem Moment, als sie meinen Umhang nahm“, sagte Henriette. „Sie hat ihr Haar gefärbt, aber ihre Augen waren die gleichen wie immer, und die eigentümliche Drehung der Lippe, von der Raffles gesagt hatte, dass sie eine ihrer Faszinationen ausmachte, blieb unverändert. Außerdem habe ich, nur um zu beweisen, dass ich Recht habe, mein Spitzentaschentuch zurückgelassen und …“ ein Fünfhundert-Dollar-Schein in der Umhangtasche. Als ich den Umhang zurückbekam, war beides weg.

„Wozu – um dich auszurauben?“

„Nein“, erwiderte Henrietta, „eher, dass wir – aber so, so, Bunny, ich schaffe dieses kleine Ding selbst. Es ist ein bisschen zu subtil für den Intellekt eines Mannes – vor allem, wenn dieser Mann du bist.“

„Was glaubst du, was sie hier macht?“ Ich fragte.

„Du dummer Junge“, lachte Henriette.

„Wird es getan? Warum, Mrs. Gaster, natürlich. Sie ist hinter den Gaster-Juwelen her.“

„Hmpf!“ sagte ich düster. „Das schneidet uns ab, nicht wahr?“

"Macht es?" fragte Henriette rätselhaft.

Ungefähr zehn Wochen später verbreiteten sich in den Zeitungen des ganzen Landes die erschreckenden Nachrichten über das mysteriöse Verschwinden von Mrs. Gasters Juwelen. Der Dame waren Edelsteine im Wert von dreihundertachtundsechzigtausend Dollar geraubt worden, und selbst über den Dieb gab es offenbar keine Ahnung . Henriette und ich wussten natürlich, dass Fiametta de Belleville ihre Mission erfüllt hatte, aber anscheinend wusste es niemand sonst. Zwar war sie angeklagt und von der Newporter Polizei und der New Yorker Zentrale einer äußerst strengen Untersuchung unterzogen worden, aber es konnte keinerlei Beweis für ihre Schuld erbracht werden, und nach einer Woche des Verdachts wurde sie allen zur Last gelegt Absichten und Zwecke, die von allem Unmut befreit sind.

„Sie wird jetzt hüpfen“, sagte ich.

„Nicht sie", sagte Henriette. „Jetzt zu verschwinden wäre ein Schuldbekenntnis. Wenn Fiametta de Belleville die Frau ist, die ich nehme, dann wird sie hier bleiben, als wäre nichts passiert, aber natürlich nicht bei Mrs. Gaster."

"Wo dann?" Ich fragte.

„Mit Frau A. J. Van Raffles", antwortete Henriette. „Tatsache ist", fügte sie hinzu, „ich habe sie bereits engagiert. Sie hat ihre Rolle gut gespielt und schien durch den ungerechtfertigten Verdacht der Welt so niedergeschlagen zu sein, dass sogar Mrs. Gaster über ihren Zustand beunruhigt ist. Sie hat sie gefragt." zu bleiben, aber Fiametta hat sich geweigert, „Das konnte ich nicht, meine Dame", sagte sie, als Frau Gaster sie bat, zu bleiben – ein Verbrechen, an dem ich unschuldig bin – und – ich. „Ich arbeite lieber in einer Fabrik oder werde Verkäuferin in einem Kaufhaus, als länger in einem Haus zu bleiben, in dem so schmerzhafte Dinge passiert sind." Ergebnis: Nächsten Dienstag kommt Fiametta de Belleville als *meine* Zofe zu mir."

„Nun, Henriette", sagte ich, „ich gehe davon aus, dass Sie sich mit Ihrem eigenen Geschäft auskennen, aber warum Sie sich der Gefahr aussetzen, selbst ausgeraubt zu werden und die Gewinne Ihres eigenen Unternehmens zu schmälern, kann ich nicht verstehen. Bitte denken Sie daran, dass ich Sie gewarnt habe." gegen diese dumme Tat."

„In Ordnung, Bunny, ich werde es mir merken", lächelte Mrs. Van Raffles, und damit war die Sache für den Moment erledigt.

Am folgenden Dienstag wurde Fiametta de Belleville als Dienstmädchen von Frau A. J. Van Raffles in den Haushalt von Van Raffles aufgenommen. Für ihr Adlerauge war es ein weiteres vielversprechendes Gewinnfeld, denn Henriette hatte weder Mühe noch Geld gescheut, um Fiametta mit der Idee zu beeindrucken, dass sie neben Mrs. Gaster eine ebenso großzügige und finanziell fähige Hausbesitzerin war, wie man sie in der Sozialhauptstadt finden konnte aus den Vereinigten Staaten. Was mich betrifft, ich war das Bild der Trübsinnigkeit. Die Anwesenheit der Frau in unserem Haushalt konnte nur eine Gefahr für unseren Seelenfrieden und unseren Gewinn darstellen, und ich konnte mir beim besten Willen nicht vorstellen, warum Henriette sie dort haben wollte. Aber es dauerte nicht lange, bis ich es herausfand.

Eine Woche nach Fiamettas Ankunft rief Mrs. Raffles eilig für mich an.

„Ja, Madam", sagte ich und reagierte sofort auf ihren Anruf.

„Bunny", sagte sie mit leicht zitternder Hand, „die Stunde des Handelns ist gekommen. Ich habe Fiametta gerade mit einem Auftrag nach Providence geschickt. Sie wird drei Stunden weg sein."

"Ja!" sagte ich. „Was ist damit?“

„Ich möchte, dass du während ihrer Abwesenheit mit mir in ihr Zimmer gehst –“

Die Situation begann mir zu dämmern.

"Ja!" Ich weinte atemlos. „Und ihre Koffer durchsuchen?“

„Ihre leichte, kleine Gestalt verkrampfte sich vor Trauer“

„Nein, Bunny, nein – die Traufe“, flüsterte Henriette. „Ich habe ihr dieses Zimmer im Flügel gegeben, weil es dort so viele seltsame Ablagefächer gibt, in denen sie Dinge verstecken könnte. Ich neige dazu zu denken – nun, sobald sie die Stadt verlässt, sag mir Bescheid. Folge ihr zum Bahnhof und zieh dich an *Ich* komme erst zurück, wenn du weißt, dass sie die Stadt sicher verlassen hat und sich auf den Weg nach Providence macht.

Oh, diese Frau! Wenn ich sie nicht vor mir vergöttert hätte – aber genug. Für Gefühle ist hier kein Platz. Die Geschichte ist das Richtige, und ich muss sie kurz erzählen.

Ich befolgte Henriettes Anweisungen genau und kehrte eine Stunde später mit der Information zurück, dass Fiametta tatsächlich sicher unterwegs sei.

„Gut", sagte Frau Raffles. „Und jetzt, Bunny, zu den Gaster-Juwelen."

Wir stiegen schnell die Treppe hinauf, wobei wir natürlich darauf achteten, dass keiner der anderen Bediensteten uns ausspionieren wollte, und gelangten zum Zimmer des Dienstmädchens. Alles darin zeugte von einem hohen Geist und einem guten Charakter. Auf der Kommode hingen religiöse Bilder, Gebetbücher und einige Bände mit Aufsätzen spiritueller Natur waren verstreut – nichts deutete darauf hin, dass der Bewohner etwas anderes als ein einfaches, süßes Kind der Unschuld war, außer –

Nun ja, Henriette hatte recht – bis auf die Gaster-Juwelen. Wie meine Herrin vermutet hatte, waren sie unter dem Dachgesims versteckt und schmiegten sich eng an die riesige Dachgaube mit Blick auf die Gärten. für einen passenden Moment reserviert, um sie aus Newport herauszuholen, und dann – zurück nach England für Fiametta. Und was für eine wunderschöne Sammlung! Hundehalsbänder aus Diamanten, Meter Perlenschnur, Halsketten aus Rubinen in der schillerndsten Farbe und in der Größe von Taubeneiern, Ringe, Broschen, Diademe – alles an juwelenbesetztem Schmuck, den sich die Seele einer Frau nur wünschen kann – alles verpackt dicht weg in einer Blechdose, an die ich mich jetzt erinnerte, die Fiametta am Tag ihrer Ankunft in der Hand mitgebracht hatte. Und nun gehörten all diese Dinge uns – Henriettes und meinen –, ohne dass wir uns im Freien bewegen mussten, um sie zu bekommen. Eine Stunde später befanden sie sich im Tresorraum von Frau A. J. Van Raffles in den stabilen Kellern der Tiverton Trust Company, so sicher vor Einbruch, als wären sie im Herzen von Gibraltar selbst eingeschlossen.

Und Fiametta? Nun – eine Woche später verließ sie Newport plötzlich, ihre Augen waren vom Weinen gerötet und ihre schmale kleine Gestalt zuckte vor Kummer. Ihre Lieblingstante sei gerade gestorben, sagte sie, und sie würde nach England zurückkehren, um sie zu begraben.

IV
DAS PERLENSEIL VON MRS. GUSHINGTON-ANDREWS

„Bunny", sagte Henrietta eines Morgens, kurz nachdem wir in den Besitz der Gaster-Juwelen gelangt waren, „wie sind deine Nerven? Bist du bereit für einen Coup, der viel davon erfordert?"

zuletzt geschafft , auf eigene Rechnung 2700 Dollar aufzubringen." Nacht."

"In der Tat?" sagte Henriette mit einem leichten Stirnrunzeln. „Wie, Bunny? Du weißt, dass du die Sache für uns alle wahrscheinlich komplizierter machen wirst, wenn du nebenbei arbeitest. Was, bitte, hast du letzte Nacht gemacht?"

Und dann erzählte ich ihr die Vorfälle der Nacht zuvor, als ich, indem ich spontan die Stelle des Kammerdieners des jungen Robertson de Pelt, des munteren jungen Lieblings der inneren Gesellschaft, übernahm, diesen hochfliegenden jungen Junggesellen von fünfzehn Jahren ablöste Hundert Dollar in bar und Juwelen im Wert von etwa zwölfhundert Dollar .

„Ich verbrachte den Abend im Gentlemen's Gentlemen's Club", erklärte ich, „als Digby, Mr. de Pelts Kammerdiener, am Telefon erfuhr, dass Mr. de Pelt bei den Rockerbilts war und nicht in der Verfassung, alleine nach Hause zu gehen." . Es geschah, dass ich es war, der die Nachricht entgegennahm, und als ich bemerkte, dass Digby eine Partie Billard spielte und dies wahrscheinlich noch einige Zeit bleiben würde, beschloss ich, selbst nach dem Herrn zu suchen, ohne Digby etwas davon zu sagen Ich vermummte mich, damit mich niemand erkennen konnte, mietete ein Taxi und fuhr zum Rockerbilt -Anwesen, ließ mir sagen, dass Mr. de Pelts Mann auf ihn wartete, und in zehn Minuten hatte ich den jungen Herrn in meinem Besitz. Ich brachte ihn zu seiner Wohnung, verließ das Taxi, öffnete mit seinem eigenen Schlüssel sein Zimmer und legte ihn ins Bett Nachdem ich den Inhalt seiner Taschen herausgenommen hatte, hängte ich sie ordentlich über einen Stuhl und ging hinaus. Natürlich nahm ich alles Wertvolle mit, was der junge Herr an sich hatte, bis hin zu den beiden leuchtenden Rubinen, die er trug seine Strumpfhalterschnallen. Dies bestand aus zwei Handvoll zerknitterter Zwanzig-Dollar-Scheine aus seiner Hose, drei Rollen mit Hundert-Dollar-Scheinen aus seiner Weste und verschiedenen anderen Banknoten, sowohl Papier als auch Bargeld, die ich in seinem Mantel und Abendessen verstaut fand -Manteltaschen. Außerdem befanden sich zehn Zwanzig-Dollar-Goldstücke in einem kleinen silbernen Kettenbeutel, den er am Handgelenk trug. Wie ich schon sagte, es waren ungefähr fünfzehnhundert Dollar dieses Kleingelds, und ich schätze den Wert seiner Ohrstecker, Rubine und

Fingerringe auf etwa zwölfhundert Dollar mehr, also insgesamt siebenundzwanzighundert Dollar. Äh?"

„Gnade, Bunny, das war eine furchtbar riskante Sache. Angenommen, er hätte dich erkannt?" rief Henriette.

„Oh, das hat er – oder zumindest dachte er, dass er es getan hat", antwortete ich und lächelte breit bei der Erinnerung. „Auf dem Weg nach Hause im Taxi weinte er an meiner Schulter und sagte, ich sei der beste Freund, den er je hatte, und er sagte mir, er liebe mich wie einen Bruder. Es gab nichts, was er nicht für mich tun würde, und wenn überhaupt Ich wollte ein Auto oder einen Flügel, ich musste ihn nur darum bitten. Er war sehr freundlich.

„Nun, Bunny", sagte Henriette, „Sie sind manchmal sehr schlau, aber seien Sie vorsichtig. Ich freue mich, wenn Sie ab und zu Ihre Nerven zeigen, aber bitte gehen Sie kein ernsthaftes Risiko ein. Wenn Mr. de Pelt." Wenn er dich jemals wiedererkennt – und er nächsten Mittwoch hier zu Abend isst –, wirst du uns beide in schreckliche Schwierigkeiten bringen."

Wieder lachte ich. „Das wird er nicht", sagte ich mit einer aus Erfahrung gewonnenen Überzeugung. „Seine Genialität war von der Art, dass man am nächsten Morgen nichts mehr im Kopf hat. Ich glaube nicht, dass Mr. de Pelt sich noch daran erinnert, dass er letzte Nacht bei den Rockerbilts war , und selbst wenn ja, wissen *Sie* , dass ich dabei war." dieses Haus um elf Uhr.

„Ich, Bunny? Warum, ich habe dich seit dem Abendessen nicht gesehen", wandte sie ein.

„Trotzdem weißt du, Henriette, dass ich letzte Nacht um elf Uhr im Haus war – oder besser gesagt, du *wirst* es wissen, wenn du jemals zu diesem Thema befragt wirst, was nicht der Fall sein wird", sagte ich. „ Nachdem ich Ihnen nun gezeigt habe, in welchem Zustand meine Nerven sind, welche Anforderungen werden Sie an sie stellen?"

„Du musst all deine Fähigkeiten in das Unternehmen einbringen, die früher deine Bemühungen als Amateurschauspieler auszeichneten, Bunny", antwortete sie. „Rufen Sie all Ihre Gelassenheit zu Hilfe; handeln Sie mit Bedacht, Höflichkeit und vor allem ohne die geringste Manifestation von Nervosität, und wir würden gewinnen, nicht ein paar kleine 2700 Dollar, sondern ebenso viele Tausende. Sie." Kennen Sie Mrs. Gushington - Andrews?"

„Ja", sagte ich. „Sie ist die Dame, die mich bei Ihrem letzten Abendessen um die Oliven gebeten hat."

„Genau", bemerkte Henriette. „Sie haben möglicherweise auch bemerkt, dass sie, wohin sie auch geht, etwa neunundsechzig Meter Perlenschnur am Körper trägt."

"Seil?" Ich lachte. „Ich sollte dieses Seil nicht Kabel nennen, ja – ehrlich gesagt, als sie neulich Abend ins Esszimmer kam, dachte ich, es sei eine Federboa, die sie trug."

„Alles Perlen, Hase, vom feinsten Wasser", sagte Henriette begeistert. „Es gibt keinen einzigen unter den Tausenden, der nicht zwischen fünfhundert und fünfundzwanzighundert wert wäre."

„Und ich soll auf mysteriöse Weise ein oder zwei Meter von dem Zeug für dich landen?" Ich forderte. „Wie soll es sein – durch die Entführung der Dame, das Schnapp-und-Lauf-Spiel, oder wie?"

„Sarkasmus passt nicht zu deiner Hautfarbe, Bunny", erwiderte Henriette. „Ihre beste Methode besteht darin, bedingungslos den Anweisungen weiserer Gehirne zu folgen. Sie sind ein erstklassiges Werkzeug, aber als Prinzipal – nun ja, egal. Sie tun, was ich Ihnen sage, und einige dieser Perlen werden uns gehören. Mrs . Gushington -Andrews ist, wie Sie vielleicht bemerkt haben, eine dieser äußerst überschwänglichen Damen, die über alles und jeden in Ekstase geraten. Sie ist das, was Raffles als Palavererin bezeichnete . Wenn ein kalter, formeller Händedruck nötig ist, umarmt sie uns, und da kommen wir ins Spiel. Bei meinem nächsten Dienstagstee wird sie anwesend sein – sie wird von Kopf bis Fuß mit ihnen behängt sein Seilwandern wird bei ihr nicht dabei sein, und jedes einzelne kleine Juwel wird ein kleines Vermögen wert sein, wenn sie ankommt. Sie wird in meine Arme stürzen und ihr eigenes zuwerfen Um meinen Hals herum werden die Verzierungen meiner Korsage das Seil an zwei oder mehr Punkten verfangen, den Faden an mehreren Stellen durchtrennen, Perlen werden zu Dutzenden auf den Boden regnen, und dann –"

„Ich soll sie mir schnappen und durch das Fenster springen, was?" Ich habe unterbrochen.

„Nein, Bunny – du wirst dich wie ein Gentleman benehmen, das ist alles", antwortete sie hochmütig; „Oder eher wie ein Butler mit den Instinkten eines Gentleman. Bei meinem Entsetzensschrei über den Unfall –"

„Nennen wir es besser den Vorfall", warf ich ein.

„Still! Auf meinen entsetzten Schrei über den Unfall hin", wiederholte Henriette, „werden Sie vorspringen, auf die Knie gehen und die Juwelen in einer Handvoll aufsammeln. Sie werden sie wieder in Mrs. Gushington - Andrews' Hände gießen und." in den Ruhestand gehen. Verstehst du?

„Hm – ja", sagte ich. „Aber wie bekommt man die Perlen, wenn ich sie wieder in ihre Hände schütte? Soll ich einige davon unter die Teppiche schieben oder sie mit meinem Daumennagel unter das Klavier schnippen?" -oder was?"

„Nichts dergleichen, Bunny. Tu einfach, was ich dir sage – bring mir nur deine Handschuhe, kurz bevor die Gäste kommen, das ist alles", sagte Henriette. „Der Instinkt wird dich durch den Rest führen."

Und dann hörte die Verschwörung für einen Moment auf.

Am darauffolgenden Dienstag um fünf begann der zweite Dienstagnachmittag von Frau Van Raffles . Das Glück begünstigte uns, denn es war ein wunderschöner Tag und die Zahl der Gäste war groß. Henriette war bezaubernd in ihrem neuen, speziell aus Paris importierten Kleid – einem Kleid im orientalischen Stil mit einer Reihe leuchtender, halbmondförmiger Ornamente, die fest an der Vorderseite befestigt waren und jedes einzelne davon so scharf wie ein Stahlmesser. Ich konnte auf den ersten Blick erkennen, dass nichts unter dem Himmel ihn vor einer Zerrissenheit bewahren konnte, selbst wenn einer von ihnen seine Krallen auch nur an der Perlenschnur von Mrs. Gushington -Andrews festhielt.

Was für ein wunderbarer Geist steckte hinter diesen exquisiten, kindlichen Augen der wunderbaren Henriette!

„Denk daran, Bunny – ruhige Überlegung – jetzt deine Handschuhe", waren ihre letzten Worte an mich.

„Verlassen Sie sich auf mich, Henriette; aber ich verstehe immer noch nicht –", begann ich.

„Still! Schau mir einfach zu", antwortete sie.

Daraufhin nahm dieses wundervolle Geschöpf meine weißen Handschuhe und schmierte ihre Handflächen und Innenseiten der Finger absichtlich mit einer milchfarbenen Paste ein, die sie selbst hergestellt hatte und die aus Talkumpuder und flüssigem Honig bestand. Ich habe noch nie zuvor etwas Unschuldigeres und gleichzeitig Bösewichteres erlebt.

"Dort!" sagte sie – und endlich verstand ich.

Eine Stunde später kam unser Opfer und kaum ein Zentimeter von ihr glänzte wie ein schneebedeckter Hügel mit den Perlen, die sie trug. Ich stand an der Portière und verkündete Mrs. Gushington -Andrews in meinem blasiertesten, aber butlerischen Tonfall. Die Dame stürzte förmlich an mir vorbei, und in einem Augenblick legten sich ihre Arme um Henriettes Hals.

„Du liebes, süßes Ding!" rief Frau Gushington -Andrews. „Und du siehst heute so überaus bezaubernd aus –"

„Und dann kam ein reißendes Geräusch"

Und dann ertönte ein reißendes Geräusch. Die beiden Frauen begannen sich voneinander zu entfernen; Fünf der Halbmonde verfingen sich im Seil, im impulsiven Zurückschrecken von Mrs. Gushington -Andrews, damit sie in Henriettas Augen blicken konnte, durchschnitten sie die wunderbaren Schnüre der exquisiten Juwelen. Sowohl Henriette als auch ihr Gast schrien entsetzt auf, und der Teppich unter ihren Füßen war einfach weiß vor Reichtum. Einen Augenblick später war ich auf den Knien und hob sie haufenweise auf.

„Oh mein Gott, wie sehr unglücklich!" rief Henriette. „Hier, Liebes", fügte sie hinzu und hielt ihr ein Paar Teetassen hin. „Lass James sie hineingießen", und James, sonst ich, tat dies so weit, dass er fünf Teetassen voll davon hatte, und zog sich dann diskret zurück.

„Nun, Bunny", sagte Henriette atemlos, zwei Stunden später, als ihr letzter Gast gegangen war. „Sagen Sie es mir schnell – was war das Ergebnis?"

„Das, meine Dame", sagte ich und reichte ihr einen kleinen Plüschbeutel, in den ich das „Bergungsgut" aus meinen klebrigen Handflächen gegossen hatte. „Eine gute Nachmittagsarbeit", fügte ich hinzu.

Und zum Beispiel waren es: siebzehn Perlen im Wert von jeweils zwölfhundert Dollar, fünfzehn im Wert von kaum weniger als neunhundert Dollar pro Stück und etwa siebenundzwanzig oder acht kleinere Perlen, von denen wir annahmen, dass sie einen Wert von etwa fünfhundert Dollar hatten jede.

"Prächtig!" rief Henrietta. „Grob gesagt, Bunny, wir haben heute zwischen vierzigtausend und fünfzigtausend Dollar eingenommen.“

„ICH HABE HENRIETTE NATÜRLICH NICHT VON DEN ACHT SCHÖNHEITEN ERZÄHLT, DIE ICH AUSGEHALTEN HATTE“

„Darüber“, sagte ich mit einem inneren Lachen, denn ich erzählte Henriette natürlich nicht von den acht Schönheiten, die ich für mich selbst aus den Rücksendungen herausgehalten hatte. „Aber was machen wir, wenn Mrs. Gushington -Andrews herausfindet, dass sie weg sind?“

„Dafür werde ich sorgen“, sagte diese wunderbare Frau. „Ich werde sie aus der Fassung bringen, indem ich Sie sofort mit sechzehn davon aussortiert zu ihr schicke. Ich hasse es, sie herzugeben, aber ich halte es für ratsam, so viel zu bezahlen, als eine Art Versicherung gegen Verdacht. Selbst dann" Das wird 35.000 Dollar wert sein. Und übrigens, Bunny, ich möchte dir zu einer Sache gratulieren.

„Ah! Was ist das – meine Gelassenheit, meine Nerven?" fragte ich leichthin.

„Nein, so groß wie deine Hände", sagte Henriette. „Der oberflächliche Bereich Ihrer Handflächen war uns heute zehntausend Dollar wert."

V
DAS ABENTEUER DER STAHLANBINDUNGEN

Raffles angestellt war und begonnen hatte, meinen Anteil am Gewinn zu berechnen. „Was machen Sie mit all dem Geld, das wir nach und nach ansammeln? Zu diesem Zeitpunkt müssen wir wohl schon fast eine Million auf der Hand haben – oder?"

„Eine Million zweihundertsiebenundachtzigtausendfünfhundertachtundzwanzig Dollar und sechsunddreißig Cent", antwortete Henriette sofort. „Das ist eine hübsche kleine Summe."

„Fast genug, um in den Ruhestand zu gehen", schlug ich vor.

„Jetzt, Bunny, hör auf damit!" erwiderte Henriette. „Entweder hören Sie damit auf, oder Sie gehen in den Ruhestand. Ich bin nicht das, was man in diesem Land einen Aufgebenden nennt, und ich habe nicht vor, auf dem Höhepunkt meiner Karriere ein Unternehmen aufzugeben, um dessen Gründung ich jahrelang gekämpft habe."

„Das ist alles schön und gut, Henriette", sagte ich. „Aber der Werfer, der zu oft zum Schläger geht, schlägt am Ende zu." (Während meines Aufenthalts in den USA war ich zu einem Baseballfan geworden.) „Eine Million Dollar ist eine Menge Geld, und ich rate Ihnen, so schnell wie möglich damit durchzukommen."

„Entschuldigung, Bunny, aber wann habe ich dich jemals als Berater eingestellt?" forderte Henriette. „Es ist ganz offensichtlich, dass Sie mich nicht verstehen. Glauben Sie auch nur einen Moment, dass ich diese Leute hier in Newport nur aus dem vulgären Grund ausraube, an Geld zu kommen? Wenn ja, haben Sie eine schreckliche falsche Vorstellung von den dahinter stehenden Zwecken ein Künstler."

„Du bist auf jeden Fall eine Künstlerin, Henriette", antwortete ich, um sie zu besänftigen.

„Dann sollten Sie es besser wissen, als zuzugeben, dass ich in diesem Geschäft wegen der schäbigen Dollars und Cents tätig bin, die man daraus herausholen kann", schmollte meine Herrin. „Mr. Vauxhall Bean jagt den Anisbeutel nicht, weil er es liebt, den Anissamen abzuwerfen , oder weil er nach Beuteln als Nahrungsmittel hungert. Er tut es aus Spaß an der Jagd, weil er es liebt, die Bewegung des Jägers zu spüren." er sitzt so gut zwischen seinen Knien; weil er vom Bellen der Hunde und dem Aufziehen des Horns begeistert ist und das Element der persönlichen Gefahr begrüßt, das in den Sport eintritt, wenn er und sein Pferd einen ungewöhnlichen Zaun oder einen anderen Weg nehmen müssen Wenn ich diese Menschen hier von ihrem Geld und ihren Juwelen trenne, geht es mir also nicht so sehr um das Geld und die Juwelen , sondern um die köstlichen Risiken, die ich eingehen muss, um sie zu bekommen Für den Jäger sind die Barrieren, die mich von Mrs. Gasters Schmuckkästchen trennen, das, was der wachsame Bauer, der zum Schutz seiner Ernte mit einer Schrotflinte bewaffnet ist, für mich das Wild ist Letzteres zu umgehen und Ersteres zu überwinden, ist die Freude meines Lebens, und während meine Augen jedes Mal vor Appetit blitzen und funkeln, wenn ich im Rahmen meiner gesellschaftlichen Pflichten eine Halskette, eine Tiara oder eine Rolle Hundert-Dollar-Scheine sehe, ist es das Es ist nicht der Geiz, der sie glänzen lässt, sondern der Aufruf zum Handeln, den sie ertönen lassen."

Am liebsten hätte ich gesagt, wenn das der Fall wäre , würde ich es als ein Privileg ansehen, zum ständigen Verwalter des vorliegenden Guthabens ernannt zu werden, aber aus Henriettes Verhalten war deutlich zu erkennen, dass sie nicht in der Stimmung war, sich böse zu benehmen, also schwieg ich.

„Um dir zu beweisen, dass es mir nicht aufs Geld ankommt, Bunny, gebe ich dir heute Morgen einen Scheck über zweihundertfünfzigtausend Dollar, um dich für die Stahlanleihen zu bezahlen, die du im Zug mitgenommen hast, als du hierher gekommen bist aus New York. Das ist das Zweieinhalbfache dessen, was sie wert sind", sagte Henriette. „Ist es ein Schnäppchen?"

„Sicherlich, Ma'am", antwortete ich, erfreut über den Vorschlag. „Aber was machen Sie mit den Anleihen?"

„Leihen Sie sich eineinhalb Millionen von ihnen aus " , sagte Henriette.

"Was!" Ich weinte. „Eineinhalb Millionen gegen hunderttausend Sicherheit?"

„Sicher", antwortete Henriette, „nur wird es ein wenig Manipulation erfordern. In den letzten sechs Monaten habe ich die Gelder, die ich erhalten habe, bei siebzehn Nationalbanken in Ohio eingezahlt, wobei jedes Konto auf einen anderen Namen eröffnet wurde. Die Salden in jedem." Dank eines zirkulären Systems von Schecks in einer endlosen Kette, das ich mir ausgedacht habe, hat die Bank durchschnittlich etwa dreihunderttausend Dollar verdient. Natürlich hat die Größe dieser Konten die Bankbeamten sehr interessiert, und sie alle betrachten mich als einen höchst begehrenswerten Kunden Ich denke, ich kann die Sache so hinbekommen, dass zwei oder drei von ihnen mir jedenfalls so viel Geld leihen, wie ich für diese Anleihen und diesen Treuhandschein brauche, den ich Sie unterschreiben lassen werde.

"Mich?" Ich lachte. „Sicher machen Sie Witze. Welchen Wert wird meine Unterschrift haben?"

„Es wird so gut wie Gold sein, wenn Sie den Scheck über zweihundertfünfzigtausend Dollar bei Ihrer New Yorker Bank hinterlegt haben", sagte Henriette. „Ich werde zum Präsidenten der Ohoolihan National Bank in Oshkosh, Ohio, gehen, wo ich derzeit dreihundertachtundsechzigtausend dreihundertdreiundvierzig Dollar und achtzehn Cent auf dem Konto habe, und ihm sagen, dass der Hon. John Warrington Bunny aus New York ist mein Treuhänder für einen Nachlass in Höhe von dreizehn Millionen Dollar, der von einem meiner berühmten Verwandten, der nicht stolz auf die Verbindung ist, mit Ihnen in Kontakt gebracht wurde und Sie fragen wird, ob das wahr ist Ich antworte ihm, indem ich ihm eine beglaubigte Kopie des Treuhandzertifikats schicke und ihn auf deine eigene Verantwortung an die New Yorker Bank verweise, bei der unsere zweihundertfünfzigtausend Dollar hinterlegt sind. Ich werde dann die Schecks mit dir gegen dreihunderttausend Dollar eintauschen , meins für Sie, das auf Ihr New Yorker Konto geht, und Ihres für mich als Treuhänder, das auf mein Konto bei der Ohoolihan National geht. Die New Yorker Bank wird natürlich gut über Ihr Guthaben und die Ohoolihan- Leute sprechen, wenn sie die dreihunderttausend finden. Dollarscheck gut, ich werde nie auf die Idee kommen, Ihre Kreditwürdigkeit in Frage zu stellen. Nachdem dies vereinbart ist, beginnen wir damit, diese Stahlverbindungen bis zum Äußersten zu waschen."

„Das ist ein sehr einfacher kleiner Plan von dir, Henriette", sagte ich, „und der erste Teil davon wird ohne Zweifel leicht funktionieren; aber wie zum Teufel willst du diese Anleihen bis zum Fünfzehnfachen ihres Wertes waschen?"

„Das Einfachste auf der Welt, Bunny", lachte Henriette. „Es werden zwei Millionen Dollar der Anleihen sein, bevor ich durchkomme."

„Himmel – keine Fälschung, hoffe ich?" Ich weinte.

„Nichts so Vulgäres", sagte Henriette. „Nur ein bisschen Management – das ist alles. Und übrigens, Bunny, wenn du die Gelegenheit dazu hast, miete mir bitte zwanzig Schließfächer bei ebenso vielen verschiedenen Treuhandgesellschaften hier und in New York – und tu es nicht." Habe sie zu nahe beieinander. Das ist alles für den Moment.

Drei Wochen später, nachdem ich Henriettes Anweisungen buchstabengetreu befolgt hatte, erhielt ich in meinem New Yorker Büro eine Mitteilung des Präsidenten der Ohoolihan National Bank aus Oshkosh, Ohio, in der er sich nach dem Van Raffles-Treuhandfonds erkundigte. Ich antwortete mit einer beglaubigten Kopie des Originals, das Henriette bereits dem Präsidenten übergeben hatte. Ich verwies den Fragesteller übrigens bezüglich meiner eigenen Stellung an die Delancy Trust Company in New York. Die Dreihunderttausend-Dollar-Schecks wurden von Henriette und mir eingetauscht – ihr Scheck war übrigens bei der Seventy-Sixth National Bank in Brookline, Massachusetts, und war mit einem fiktiven männlichen Namen unterzeichnet, was zeigt, wie das ging sorgfältig hatte sie ihre Spuren verwischt. Beides ging ohne Frage durch, und dann kamen die Stahlbindungen ins Spiel. Henriette beantragte einen Kredit in Höhe von einer Million fünfhunderttausend Dollar und bot als Sicherheit die Treuhandurkunde an. Die Präsidentin des Ohoolihan National wollte einige ihrer anderen Wertpapiere sehen, falls sie welche hatte, worauf Henriette freundlich antwortete, dass sie sie ihm gerne zeigen würde, wenn er nach New York käme , und deutete an, dass sie, falls der Kredit über sie erfolgen sollte, sie ihm gern zeigen würde Ich hätte nichts dagegen, der Bank einen Bonus von hunderttausend Dollar für die Unterkunft zu zahlen. Die Antwort kam sofort. Herr Bolivar würde sofort kommen, und das tat er auch.

„'DANACH WIRD ER NACH NEWPORT KOMMEN'"

„Jetzt, Bunny", sagte Mrs. Van Raffles am Morgen seiner Ankunft, „müssen Sie nur noch die hundert Anleihen zuerst in den Tresor der Amalgamated Trust Company aus West Virginia an der Wall Street legen." . Bolivar und ich werden dorthin gehen und sie ihm zeigen. Unmittelbar nach unserer Abreise werden Sie die Anleihen abholen und in die Tresore der Trans-Missouri and Continental Trust Company in New Jersey bringen Sie werden zu Fuß zum Broadway gehen , damit Sie zuerst dort ankommen und ihm die Anleihen noch einmal zeigen. Dann bringen Sie sie zu den Tresoren der Riverside Coal Trust Company. von Pennsylvania, auf der Broad Street, wo ich sie fünf Minuten später zum dritten Mal Herrn Bolivar zeigen werde –

und so weiter. Wir werden diesen Vorgang achtzehn Mal in New York wiederholen, damit unser Besucher glauben kann, er hätte eine Million acht gesehen Alles in allem Anleihen im Wert von hunderttausend Dollar, danach kommt er nach Newport, wo ich sie ihm noch zweimal zeigen werde – was zu einem Zwei-Millionen-Dollar-Showdown führt. Sehen?"

Ich fiel vor lauter Verblüffung zurück in einen Stuhl.

„Bei Jingo! Aber du bist ein Wunder", rief ich. „Wenn es nur funktioniert."

„HERR BOLIVAR WAR VOM Ausmaß von HENRIETTES VERMÖGEN RICHTIG BEEINDRUCKT."

Es funktionierte. Herr Bolivar war beeindruckt von der Größe von Henriettes Vermögen an materiellen Vermögenswerten, ganz zu schweigen von ihrem offensichtlichen Ansehen in der Gemeinde ihres Wohnortes. Er wurde charmant bewirtet und hatte keine Ahnung, als er beim Abendessen, bei dem Henriette keine geringeren Persönlichkeiten als die Rockerbilts , Mrs. Gaster, Mrs. Gushington -Andrews, Tommy Dare und verschiedene andere gesellschaftliche Persönlichkeiten hatte, ihn kennenlernte, als der Butler, der vorbeikam Er schenkte ihm seine Suppe und half ihm großzügig mit Wein. John Warrington Bunny, Treuhänder.

„Nun", sagte Henriette, während sie entzückt auf den beglaubigten Scheck des Präsidenten über eine Million vierhunderttausend Dollar blickte – die Höhe des Darlehens abzüglich des Bonus – „das war der beste Sport, den es je gab. Selbst abgesehen von der Höhe des Schecks, Bunny, es war großartig, den alten Mann zu verfolgen, um ihn zu decken. Was glaubst du, hat er zu mir gesagt, als er ging, der arme, liebe alte Unschuldige?"

„Gib es auf – was?"

„Er sagte, ich solle sehr vorsichtig sein im Umgang mit Männern, die meine Einfachheit aufdrängen könnten", lachte Henriette.

"Einfachheit?" Ich brüllte. „ Was hat ihn jemals auf die Idee gebracht, dass du einfältig bist?"

„Oh – ich weiß nicht", sagte Henriette zurückhaltend. „Ich schätze, das lag daran, dass ich ihm gesagt habe, dass ich diese Anleihen in zwanzig Tresoren aufbewahrte statt in einem, um mich vor einem Verlust durch Feuer zu schützen – ich wollte nicht zu viele Eier in einem Korb haben."

"Hm!" sagte ich. „Was hat er dazu gesagt?"

Henriette lachte lange und laut, als sie sich an die Antwort des alten Bankpräsidenten erinnerte.

„Er drückte meine Hand und antwortete: ‚Was für ein Kind das ist!'", sagte Henriette.

VI

DAS ABENTEUER DES FRESH-AIR-FONDS

Es war ein heller, sonniger Morgen im Frühsommer, als Henriette, als sie aus dem Esszimmerfenster über die Rasenflächen neben dem Rockerbilt- Platz blickte, eine Reihe von Ragamuffins erblickte, die dort spielten.

„Wer sind diese kleinen Fetzen, Bunny?" fragte sie mit der Andeutung eines Stirnrunzelns auf ihrer Stirn. „Sie spielen seit heute Morgen um sieben Uhr auf dem Rasen, und ich habe durch ihr Geschwätz ganze zwei Stunden Schlaf verloren."

„Es sind Kinder von Mrs. Rockerbilts Fresh-Air Society", erklärte ich, denn auch ich hatte mich über die lauten Streiche der Jugendlichen geärgert und mich nach ihrer Identität erkundigt. „Jeden Sommer erzählt mir Digby, der Kammerdiener von Mr. de Pelt, dass Mrs. Rockerbilt einen Tee zugunsten des Fresh-Air-Fonds gibt, und sie bringt immer ein Dutzend Kinder aus der Stadt eine Woche vorher mit, um sie zu holen sie für die Funktion fit zu machen."

„Bist du sie fit für die Veranstaltung, Bunny?" fragte Henriette.

„Ja; eines der Merkmale des Tees ist die Anwesenheit der Jugendlichen, und sie müssen ziemlich gut einstudiert werden, bevor Mrs. Rockerbilt es wagt, sie unter ihre Gäste zu lassen", sagte ich, denn Digby hatte mir den Plan im Detail erklärt Mich. „Sehen Sie, ihre Vorstellungen von Spaß sind eher primitiv, und wenn sie ohne vorherige Ausbildung plötzlich in die höfliche Gesellschaft eingeführt würden, könnten die Ergebnisse unangenehm sein."

"Ah!" sagte Henriette und blickte geistesabwesend aus dem Fenster, wie jemand, der plötzlich von einer Idee gepackt wird.

„Ja", fuhr ich fort. „Sehen Sie, der Straßengamin liebt nichts Ablenkungsintensiveres, als Dinge nach jemandem zu werfen, besonders wenn es sich dabei um jemanden handelt, den seine Umgangssprache als „Willie-Boy" bezeichnet. Etwa zwischen dem Essen eines überreifen Pfirsichs und dem Bewerfen Mit dem Hut eines Willie-Jungen würde der Ragamuffin sogar das Verlangen seines Magens nach diesem zarten Bissen leugnen. Es ist ihm auch eine Freude, Blechdosen, Waschkessel, Bügeleisen, Kuchen – alles, was er kann – zu schleppen legt seine Hände auf – auf die Automobil -Jungen, wenn ich den Ausdruck gebrauchen darf, von denen es wünschenswert ist, dass er geheilt wird, bevor er in die höchsten sozialen Kreise des Landes entlassen wird."

„Ich verstehe", sagte Henriette. „Und so hat Mrs. Rockerbilt sie auf zehn Tage auf Bewährung hierher geschickt, in denen sie sich das Maß an Savoir-faire und Etikette aneignen, das es ihr allein ermöglicht, sie bei ihrem Tee zur Schau zu stellen."

„Genau", sagte ich. „Sie lässt sie in den großen Boxen ihres Stalls schlafen, in denen die zusätzlichen Kutschpferde untergebracht waren, bevor der Autowahn ausbrach. Sie erhalten vier ordentliche Mahlzeiten am Tag, werden abgerieben und …" Vor jeder Mahlzeit werden sie striegelgekämmt und bis zum schicksalhaften Ereignis nachts und morgens in Veilchenwasser gebadet. Danach werden sie als sauberere, wenn nicht sogar weisere Kinder nach New York zurückgebracht.

„Es ist eine großartige Wohltätigkeitsorganisation", sagte Henrietta verträumt. „Erhebt Mrs. Rockerbilt eine Gebühr für den Eintritt zu diesen Tees – Sie sagen, sie kommen dem Fresh-Air Fund zugute?"

„Oh nein, in der Tat", sagte ich. „Es ist eine rein private Wohltätigkeitsorganisation. Die Jugendlichen verbringen zehn Tage auf dem Land, lernen gute Manieren und die Newporter Gesellschaft hat einen angenehmen Nachmittag – alles auf Kosten von Mrs. Rockerbilt ."

"Hm!" sagte Henriette nachdenklich. „Hm! Ich denke, es gibt eine bessere Methode. Ah – ich möchte, dass du demnächst für ein paar Tage nach New York fährst, Bunny. Ich habe einen Brief, den du abschicken sollst."

Zu diesem Thema wurde nichts weiter gesagt, bis ich am darauffolgenden Dienstag nach New York geschickt wurde mit der Anweisung, mich in einer Winter Fresh-Air Society zu organisieren und Briefköpfe mit den Namen einiger der prominentesten Damen der Welt drucken zu lassen Gesellschaft als Gönnerinnen – Henriette hatte die Erlaubnis von Frau Gaster, Frau Sloyd-Jinks, Frau Rockerbilt , Frau Gushington -Andrews, Frau R. U. Innitt , der Herzogin von Snarleyow , Frau Willie K. Van Pelt und zahlreichen anderen eingeholt ihre Namen im Zusammenhang mit dem neuen Unternehmen zu verwenden – und ihr einen Brief zu schreiben, in dem sie fragte, ob sie sich und ihre Freunde nicht für die Bedürfnisse der neuen Gesellschaft interessieren würde.

„Es ist genauso wichtig", hieß es in dem Brief, „dass es einen Fonds gibt, um die kleinen Leidenden unserer schrecklichen Winter von den Graupel- und schneebedeckten Straßen der eiskalten Stadt fernzuhalten, wie ihnen einen Sommerausflug zu ermöglichen." . Diese Gesellschaft benötigt dringend 25.000 Dollar, um ihre Arbeit im kommenden Winter fortzusetzen, und wir bitten Sie um Hilfe."

Henriettes persönliche Antwort auf diese Bitte war ein Scheck über zehntausend Dollar, den ich als Sekretärin und Schatzmeisterin des Fonds entgegennahm und ihr dann natürlich zurückgab, woraufhin ihre Kampagne ernsthaft begann. Ihre eigene Begeisterung für das Projekt, unterstützt durch ihren großzügigsten Beitrag, erwies sich als ansteckend, und innerhalb von zwei Wochen besaßen wir, Henriettes Scheck nicht mitgerechnet, über siebzehntausend Dollar, eine Dame ging sogar so weit, uns alles zu geben Brückengewinne für eine Woche.

„Und nun zum großen Coup, Bunny", sagte Mrs. Van Raffles, als ich mit der Beute zurückkam.

„Toller Schotte!" Ich weinte. „Hast du nicht genug?"

„Nein, Bunny. Nicht ein Viertel genug", antwortete sie. „Diese Winterresorts sind sehr teure Orte, und während siebzehntausend Dollar für den Betrieb einer Farm im Sommer sehr gut ausreichen würden, werden wir ganze hunderttausend Dollar brauchen, um unsere Begünstigten stilvoll nach Palm Beach zu schicken."

„ Puh -ew!" Ich pfiff erstaunt. „Palm Beach, was?"

„Ja", sagte Henriette. „Palm Beach. Da wollte ich schon immer hin."

„Und die hunderttausend Dollar – wie wollen Sie das bekommen?" Ich forderte.

„Ich werde ein Rasenfest und einen Basar zugunsten des Fonds veranstalten. Es wird sich von Mrs. Rockerbilts Tee dadurch unterscheiden, dass ich zehn Dollar Eintritt und zehn Dollar für den Ausstieg berechne und wir außerdem Dinge verkaufen werden. Das habe ich bereits getan Ich habe mit Frau Gaster darüber gesprochen und sie ist begeistert von der Idee. Sie hat versprochen , den Blumentisch mit den Besten ihrer Wintergärten zu füllen. Die Herzogin von Snarleyow kümmert sich freiwillig um die Erfrischungen das soll von Senator Defew benannt und mit fünf Dollar pro Tipp verlost werden . Zigarrenschneider, Cocktailshaker und andere lebensnotwendige Dinge unter den Auserwählten. Ich sehe nicht ein, wie das Ding scheitern kann, oder?"

„Bis jetzt noch nicht", sagte ich.

„Jede der zwölf weiblichen Gönnerinnen hat versprochen, für den Verkauf von hundert Eintrittskarten zu je zehn Dollar verantwortlich zu sein – das macht zwölftausend Dollar Eintritt. Es wird jede Person zehn Dollar mehr kosten, herauszukommen, was, wenn auch nur Wenn die Hälfte der Eintrittskarten genutzt wird, werden sie sechstausend Dollar kosten – oder achtzehntausend Dollar allein an Eintritts- und Austrittsgebühren."

„Henriette!" Ich rief begeistert: „Madam Humbert war neben Ihnen eine Amateurin."

Frau Van Raffles lächelte. „Danke, Bunny", sagte sie. „Wenn ich nur ein Mann gewesen wäre –"

„Gott!" Ich habe ejakuliert. „In Ihren Händen wäre die Wall Street ein Kleinkind gewesen."

Nun, der schicksalhafte Tag kam. Um ihrer Gerechtigkeit gerecht zu werden, hat Henriette weder Mühe noch Kosten gescheut, um die Sache zum Erfolg zu führen. Ich bezweifle, dass die Gärten der Constant- Scrappes jemals so schön ausgesehen haben. Überall waren Blumen, und von einem Ende ihrer zwanzig Hektar bis zum anderen hingen lange und anmutige Girlanden aus bunten elektrischen Lichtern von Baum zu Baum, die, als die Nacht über das Fest hereinbrach, die Szene wie einen wahren Blick auf ein Märchenland erscheinen ließen. Jeder, der irgendjemanden kann, war dort, zusammen mit einer Vielzahl anderer, von denen man immer erwarten kann, dass sie gut bezahlen, um ihre Namen gedruckt zu sehen oder einen Blick auf die Gesellschaft aus nächster Nähe zu werfen. Natürlich gab es hinreißende Musik, deren Stücke speziell darauf ausgelegt waren, auch die hartgesottensten Herzen zu berühren, und Henriette war überall. Niemand, ob groß oder klein, in dieser riesigen Versammlung erhielt jemals eines ihrer liebenswürdigen Lächeln, und es ist keine Übertreibung zu sagen, dass die Hälfte der Blumen, die zu Preisen gekauft wurden, bei denen ein Fifth Avenue-Schneider beschämt den Kopf hängen lassen würde, von ihr gekauft wurden die galanten Herren von Newport zur Übergabe an die Gastgeberin des Tages. Diese wurden sofort wieder zum Verkauf angeboten, so dass auf dem Blumenkonto die Einnahmen deutlich anstiegen.

Selbst in dieser festlichen Umgebung hat es noch nie einen festlicheren Anlass gegeben. Die Reichsten des Landes wetteiferten miteinander, um der Angelegenheit einen großen finanziellen Erfolg zu verschaffen. Der stets galante Tommy Dare verließ den Tatort zwanzig Mal, nur um das Privileg zu genießen, sich die Hin- und Rückfahrt um ein Vielfaches mit jeweils zehn Dollar bezahlen zu lassen. Die Puppe, die Senator Defew benannt hatte, sorgte ebenfalls für große Heiterkeit, denn als alles vorbei war und etwa dreizehntausendfünfhundert Dollar für die Vermutungen eingenommen worden waren, stellte sich heraus, dass der Senator den Namen vergessen hatte, den er ihr gegeben hatte. Als das Gelächter über diesen Vorfall nachgelassen hatte, schlug Henriette vor, es zu versteigern, was sofort umgesetzt wurde, mit dem Ergebnis, dass das Werk der Herzogin von Snarleyow für achttausendsechshundertfünfundsiebzig Dollar zugeschlagen wurde an einen Brauer aus Cincinnati, der acht Jahre lang versucht hatte, seinen Namen in das Sozialregister aufzunehmen.

„Gott sei Dank, das ist vorbei", sagte Henriette, als der letzte Gast gegangen war und das Licht aus war. „Es war eine sehr erfreuliche Angelegenheit, aber gegen Ende ging es mir langsam auf die Nerven. Ich bin wirklich entsetzt, Bunny, über die Menge an Geld, die wir eingenommen haben."

„Hast du die vollen hunderttausend Dollar bekommen?" Ich fragte.

„Volle Hunderttausend?" sie weinte hysterisch. „Hör dir das an." Und sie las das folgende Memorandum über die Einnahmen des Tages vor:

Blumentisch	36.000,00 $
Puppe	22.175,00
Admissions	19.260,00
Ausgänge	17.500,00
Süßigkeitentisch	12.350,00
Abendmahlstisch	43.060,00
Schnickschnack	17.380,00
Büchertisch	123.30
Garderoben	3.340,00
	———————
Gesamt	171.188,30 $

„Großer Himmel, was für eine Beute!" Ich weinte. „Aber wie viel hast du selbst ausgegeben?"

„Oh – ungefähr zwanzigtausend Dollar, Bunny – ich hatte wirklich das Gefühl, ich könnte es mir leisten. Wir werden netto nicht weniger als einhundertfünfzigtausend Dollar bekommen."

Plötzlich überfiel mich ein Schüttelfrost.

„Das Ding macht mir Angst, Henriette", murmelte ich. „Angenommen, diese Leute bitten Sie im nächsten Winter um einen Bericht?"

„Oh", lachte Henriette, „ich überweise das Geld sofort an den Fonds. Du kannst mir eine Quittung schicken und dann dürfen wir raus. Später kannst du mir das Geld zurückgeben."

„Selbst dann –", begann ich.

„Tush, Bunny", sagte sie. „Selbst dann wird es keine geben. In sechs Monaten werden diese Leute alles vergessen haben. Es ist ein bisschen so.

Ihr Gedächtnis für Gesichter und das Geld, das sie ausgeben, ist kürzer als der Geldbeutel eines Bankrotteurs." Hab keine Angst."

Und wie immer hatte Henriette recht, denn im nächsten Februar verbrachten die Begünstigten des Winter Fresh-Air Fund einen Monat in Palm Beach und genossen das Beste, was dieser bevorzugte Ort an Unterhaltung und Abwechslung zu bieten hatte, ohne ein Wort der Kritik wurde von niemandem vorgeschlagen, obwohl die Gruppe ausschließlich aus Mrs. Van Raffles, ihrem Dienstmädchen, und Bunny, ihrem Butler, bestand. Tatsächlich war das Gegenteil der Fall. Die Menschen, die wir dort trafen und von denen viele den Großteil des Fonds gespendet hatten, begrüßten uns mit offenen Armen und ahnten nicht, wie eng sie mit unseren Versorgungsquellen verbunden waren.

Es stimmt, dass Frau Gaster Henriette gefragt hat, wie es dem Winter Fresh-Air Fund geht, und ihr wurde die Wahrheit gesagt: dass es ihm sehr gut geht.

„Die Begünstigten haben sich hier sehr gut geschlagen", sagte Henriette.

„Ich habe nichts von ihnen gesehen", bemerkte Frau Gaster.

„Nun – nein", sagte Henriette. „Die Manager hielten es für besser, sie hierher zu schicken, bevor die Saison ihren Höhepunkt erreichte. Der moralische Einfluss von Palm Beach zu Beginn der Saison ist – nun ja – ein wenig stark für die Jugend, finden Sie nicht?" Sie erklärte.

Die Blechdose, die ich Ihnen überreiche, gibt Ihnen eine Vorstellung davon, wie sehr sich einer der Begünstigten amüsiert hat. Es gibt nichts Schöneres auf der Welt, als im Winter in der Brandung zu baden.

EINER DER BEGÜNSTIGTEN IN PALM BEACH
(Aus einem vor Ort aufgenommenen Blechtyp)

- 38 -

VII
DAS ABENTEUER DER MRS. ROCKERBILTS TIARA

Henriette war eine ganze Woche lang ungewöhnlich zurückhaltend gewesen, eine Tatsache, die mir langsam auf die Nerven ging, als sie ein fast sphinxartiges Schweigen mit der außergewöhnlichen Bemerkung brach:

„Bunny, es tut mir leid, aber ich sehe keinen anderen Ausweg. Du musst heiraten."

Zu sagen, dass ich von der Beobachtung schockiert war, ist milde ausgedrückt. Wie Sie mittlerweile selbst erkannt haben, gab es nur eine Frau auf der Welt, an die ich liebevoll denken konnte, und diese Frau war keine andere als Henriette selbst. Ich konnte jedoch nicht glauben, dass dies überhaupt die Idee war, die sie im Sinn hatte, und mein bisschen Selbstbeherrschung wurde durch den Vorschlag völlig zerstört.

Ich richtete mich jedoch in einem Moment würdevoll auf und antwortete ihr.

„Sehr gut, Liebes", sagte ich. „Wann immer Sie bereit sind, bin ich es. Zu diesem Zeitpunkt müssen Sie genug Geld gesammelt haben, um mich in dem Stil unterstützen zu können, den ich gewohnt bin."

„Das habe ich nicht gemeint, Bunny", erwiderte sie kalt und blickte mich stirnrunzelnd an.

„Nun, das meine *ich* ", sagte ich. „Du bist die einzige Frau, die ich je geliebt habe –"

„Aber, liebes Häschen, das kann später kommen", sagte sie mit einem bezaubernden kleinen Erröten. „Was ich meinte, mein lieber Junge, war keine dauerhafte Affäre, sondern eine dieser Newport-Ehen. Nicht unbedingt zur Veröffentlichung, sondern als Garantie für Treu und Glauben", erklärte sie.

„Ich verstehe nicht", sagte ich und tat so, als würde ich mich verdichten, denn ich verstand es nur zu gut.

"Dumm!" rief Henriette. „Ich brauche ein vertrauliches Dienstmädchen, Bunny, das uns in unserem Geschäft hilft, und ich möchte nicht willkürlich einen Dritten aufnehmen. Wenn du eine Frau hättest , könnte ich ihr vertrauen. Du könntest so lange verheiratet bleiben, wie wir es brauchten." Sie, und dann, dem Newport-Plan folgend, könnten Sie sie loswerden und mich später heiraten – das heißt – ähm – vorausgesetzt, ich wäre überhaupt bereit, Sie zu heiraten, und ich bin mir nicht so sicher, ob ich es eines Tages nicht sein werde, wenn ich alt und zahnlos bin.

„Ich sehe nicht die Notwendigkeit einer solchen Magd ein“, sagte ich.

„Das liegt daran, dass du ein Mann bist, Bunny“, sagte Henriette. „Es gibt großartige Gelegenheiten, die Juwelen, die diese Newport-Damen tragen, von jemandem zu erwerben, der in der Umkleidekabine stationiert ist. Da ist zum Beispiel Mrs. Rockerbilts Tiara . Sie ist derzeit das Schönste, was es gibt, und von unschätzbarem Wert.“ Wert. Wenn sie es nicht trägt Es wird in den Tresoren der Tiverton Trust Company aufbewahrt, und wie um alles in der Welt wir ohne die Hilfe eines Dienstmädchens, dem wir vertrauen können, an es herankommen sollen, verstehe ich nicht – außer auf die vulgäre, alltägliche Art, die Dame in einen Sandsack zu stecken und brutal zu stehlen Und die Gesellschaft von Newport ist noch nicht so weit, dass man einer Frau so etwas antun kann, ohne für Aufregung zu sorgen, es sei denn, man ist mit ihr verheiratet.“

„Nun, eines sage ich dir, Henriette“, erwiderte ich mit mehr Bestimmtheit, als ich es sonst zeige, „ich werde keine Zofe einer Dame heiraten, und das ist alles. Du vergisst, dass ich ein Gentleman bin.“ "

„Es ist nur eine vorübergehende Vereinbarung, Bunny“, flehte sie. „Im Smart-Set wird das ständig gemacht.“

„Nun, die Moral der Smart Set ist nicht meine Moral“, erwiderte ich. „Mein Vater war Geistlicher, Henriette, und ich bin selbst so etwas wie ein Kirchenmann, und ich werde mich nicht zu solch einer Gemeinheit hinreißen lassen. Außerdem: Was soll meine Frau davon abhalten, zu plappern, wenn wir versuchen, sie zu verfrachten?“

"Hm!" überlegte Henriette. „Daran hatte ich nicht gedacht – es wäre gefährlich, nicht wahr?“

„Sehr“, sagte ich. „Der einzig sichere Ausweg wäre, die junge Frau zu töten, und meine religiösen Skrupel sind entschieden gegen alles in der Art. Du musst bedenken, Henriette, dass es ein oder zwei der Gebote gibt.“ dass ich zu viel schätze, um sie zu brechen.

„Was sollen wir dann tun, Bunny?“ fragte Frau Van Raffles. „ *Ich muss diese Tiara haben.* “

„Nun, es gibt die alte Methode des Amateurtheaters“, sagte ich. „Spielen Sie hier ein wenig, reproduzieren Sie Mrs. Rockerbilts Tiara in Paste, damit eine der Figuren sie tragen kann, ersetzen Sie das Falsche durch das Echte, und schon haben Sie es.“

„Das ist eine gute Idee“, sagte Henriette; „Nur ich hasse Amateurtheater. Ich werde darüber nachdenken.“

Ein paar Tage später rief mich meine Frauchen erneut zu sich.

„Bunny, du hast früher ziemlich gute Skizzen gemacht, nicht wahr?" Sie
fragte.

„Ziemlich gut", sagte ich. „Hauptsächlich jedoch Architekturzeichnungen –
Details von Fassaden und ornamentalen Gestaltungen."

„Genau das Richtige!" rief Henriette. „Heute Abend gibt Mrs. Rockerbilt
einen Mondscheinempfang auf ihren Rasenflächen. Sie grenzen an unsere.
Sie wird ihre Tiara tragen, und ich möchte, dass Sie sich, wenn sie im Garten
ist, hinter einem passenden Stück Strauch verstecken und eine genaue
Detailskizze davon anfertigen die Tiara. Verstehst du?"

„Das tue ich", sagte ich.

„Verpassen Sie nicht einen Rubin oder einen Diamanten oder das kleinste
Stück Filigranarbeit, Bunny. Bringen Sie das Ganze auf ein Karatmaß",
befahl sie.

"Und dann?" fragte ich aufgeregt.

„Bring es mir, ich kümmere mich um den Rest", sagte sie.

„Es war nicht immer einfach, das richtige Licht zu bekommen"

Sie können sicher sein, dass ich, als die Nacht hereinbrach, mit Eifer an die
Arbeit ging. Es war nicht immer einfach, das richtige Licht auf die Tiara der
Dame zu richten, aber in verschiedenen Teilen des Gartens gelang es mir,
sie, wenn auch unbewusst, ausreichend gut in Szene zu setzen, um mein Ziel
zu erreichen. Einmal hätte ich beinahe der Versuchung nachgegeben, mit der
Hand durch das Gebüsch zu greifen und Mrs. Rockerbilt den prächtigen
Schmuck vom Kopf zu reißen, denn sie war ganz nahe genug, um dies zu

ermöglichen, aber die Vulgarität einer solchen Operation war so deutlich zu erkennen, dass ich es sagte es beiseite legen, sobald ich daran gedacht habe. Und ich habe mich immer an die Bemerkung des lieben alten Raffles erinnert : „Nimm alles in Sichtweite, Bunny", sagte er immer; „Aber verdammt noch mal, machen Sie es wie ein Gentleman, nicht wie ein Profi."

Die angefertigte Skizze nahm ich mit in mein Zimmer und kolorierte sie, sodass ich an diesem Abend, als Henriette zurückkam, eine perfekte bildliche Darstellung des heiß begehrten Schmuckstücks für sie parat hatte.

„Es ist einfach perfekt, Bunny", rief sie erfreut, als sie es betrachtete. „Sie haben sogar das Funkeln dieses unvergleichlichen Rubins vorne."

Am nächsten Morgen fuhren wir nach New York, und Henriette brachte meinen Entwurf zu einem uns bekannten Theaterimmobilienmakler am Union Square und hinterließ den Auftrag für eine exakte Reproduktion in Gold und Paste.

„Ich gehe zu einem kleinen Kostümtanz, Herr Sikes", erklärte sie, „als Königin Katharina von Russland, und diese Tiara ist eine Kopie der sehr berühmten verlorenen Negligé-Krone dieser unglücklichen Königin. Glauben Sie, dass Sie das können?" lass es mich bis nächsten Dienstag haben?"

„Ganz einfach, Madam", sagte Sikes. „Es ist ein wunderschönes Ding und es wird mir eine wahre Freude sein, es zu reproduzieren. Ich garantiere, dass es dem Original so ähnlich sein wird, dass die Königin selbst sie nicht unterscheiden konnte . Es wird Sie achtundvierzig Dollar kosten."

„Einverstanden", sagte Henriette.

Und Sikes blieb seinem Wort treu. Am darauffolgenden Dienstagnachmittag brachte ich in meine New Yorker Wohnung – denn Mrs. Raffles gab Sikes natürlich nicht ihren richtigen Namen – eine absolut fehlerfreie Kopie von Mrs. Rockerbilts Buch höchste Herrlichkeit. Es war so, dass niemand außer einem Edelsteinexperten die Kopie vom Original hätte unterscheiden können, und als ich das Paket nach Newport zurückbrachte und meiner Herrin den Inhalt zeigte, geriet sie in Ekstase der Freude.

„Wenn du die Nerven behältst, haben wir das Original in einer Woche, Bunny", rief sie.

„Theatralik?" sagte ich.

„Nein, in der Tat", sagte Henriette. „Wenn Mrs. Rockerbilt wüsste, dass dieses Exemplar existiert, würde sie das andere nie wieder in der Öffentlichkeit tragen, solange sie nicht ein Dutzend Detectives mitbringt. Nein, in der Tat – ein Abendessen. Ich möchte, dass Sie das elektrische Licht anschließen." des Esszimmers mit dem Druckknopf an meinem Fuß, so dass ich das Esszimmer jederzeit in Dunkelheit stürzen kann – zu meiner Rechten wird Tommy Dare sitzen gekrönt von der Tiara. In dem Moment, in dem du das Gift weitergibst, werde ich den Raum in Dunkelheit stürzen, und du –"

„Ich lehne es auf jeden Fall ab, Henriette, im Dunkeln eine Tiara durch eine andere zu ersetzen. Verdammt noch mal, sie würde schreien, sobald ich es versuchte", protestierte ich.

„ Natürlich würde sie das tun", sagte sie ungeduldig. „Und deshalb schlage ich keine solch idiotische Darbietung vor. Sie werden nur im Dunkeln stolpern und Ihren Ellbogen so unbeholfen bewegen, dass Mrs. Rockerbilts Frisur dadurch völlig durcheinander gebracht wird. Sie wird natürlich schreien, und ich werde es tun Stellen Sie sofort das Licht wieder her, danach werde *ich* mich um den Ersatz kümmern. Lassen Sie mich jetzt nicht im Stich und die Tiara wird uns gehören.

„Alles war so, wie Henriette es vorausgesagt hatte"

Ich stehe mit eidesstattlichen Erklärungen bereit, um zu beweisen, dass dieses Abendessen die aufregendste Angelegenheit meines Lebens war. Einmal kam es mir so vor, als könnte ich meinen Teil der Verschwörung unmöglich unentdeckt durchführen, aber ein Blick auf Henriette, die ruhig und kühl, und übrigens auch schön, am Kopfende des Tisches saß und ebenso freundlich plauderte Der Herzog von Snarleyow und Tommy Dare, als ob nichts im Wind wäre, brachten mich zum Handeln. Der Moment kam, und als ich mich mit der Fischplatte in der Hand über Mrs. Rockerbilts Seite beugte, ging das Licht aus; Krach stieß mein Ellbogen in die atemberaubende

Frisur der Dame; Ihr kleiner, gut modulierter Überraschungsschrei zerriss die Luft, und blitzschnell kamen die Lichter wieder zurück. Alles war so, wie Henriette es vorhergesagt hatte, Mrs. Rockerbilts schöne blonde Locken waren furchtbar demoralisiert, und die berühmte Tiara dazu war ihr schräg über die Wange gerutscht.

"Liebe mich!" rief Henriette und erhob sich hastig und voller warmer Anteilnahme. „Wie sehr peinlich!"

„Oh, reden Sie nicht darüber", lachte Mrs. Rockerbilt freundlich. „Es ist nichts, liebe Frau Van Raffles. Diese elektrischen Lichter sind heutzutage so unsicher, und ich bin mir sicher, dass James keineswegs dafür verantwortlich ist, dass er mich geschlagen hat, wie er es getan hat; es ist nur das Natürlichste auf der Welt." – Darf ich bitte nach oben laufen und meine Haare noch einmal reparieren?"

„Das wirst du auf jeden Fall tun", sagte Henriette. „Und ich werde mit dir gehen, meine liebe Emily. Ich bin so beschämt, dass ich, wenn du mich auf diese Weise Buße tun lässt, selbst die Ordnung in diesem schönen Chaos wiederherstellen werde."

Die kleine Rede wurde mit der üblichen urkomischen Wertschätzung aufgenommen, die in gehobenen Gesellschaftskreisen auf alles folgt, was außerhalb des üblichen Ablaufs der Ereignisse liegt. Tommy Dare bejubelte Mrs. Van Raffles dreimal, und Mrs. Gramercy Van Pelt, gekleidet in ein wunderschönes rotes Kostüm, stand auf einem Stuhl und prostete mir mit einem Glas Champagner zu. Inzwischen waren Henriette und Mrs. Rockerbilt nach oben gegangen.

„Ist es nicht eine Schönheit, Bunny", sagte Henriette am nächsten Morgen, als sie die Tiara meinem bewundernden Blick entgegenhielt, ein blitzendes, funkelndes Stück Juwelierskunst, das, wie ich wirklich glaube, die Seele der Ehre in Versuchung geführt hätte sich auf schurkische Art und Weise.

"Herrlich!" Ich habe es behauptet. „Aber – was ist das, das 48-Dollar-Stück oder das Original?"

„Das Original", sagte Henriette und streichelte die Kugel. „Sehen Sie, als wir letzte Nacht in mein Zimmer kamen und Mrs. Rockerbilt vor dem Spiegel saß und trotz ihrer Proteste mit meinen eigenen schönen Händen ihre zerzausten Locken reparierte , habe ich dafür gesorgt, dass das Licht genau dann wieder ausgeht Die Tiara lag auf der Frisierkommode, und während meine rechte Hand offenbar damit beschäftigt war, das feuerfeste Licht zu manipulieren, und meine Stimme lachend Verwünschungen über die Firma für elektrische Beleuchtung wegen ihrer erbärmlichen Dienste heraufbeschwor, mein Die linke Hand war mit der größten Anstrengung ihrer Karriere damit beschäftigt, die falsche Tiara durch die andere zu ersetzen.

„Und Mrs. Rockerbilt hat es nicht einmal geahnt?"

„Nein", sagte Henriette. „Tatsächlich hat sie sich die gefälschte Affäre selbst ins Haar gesteckt. Soweit sie weiß, habe ich das Original nie auch nur angerührt."

„Nun, du bist ein Wunder, Henriette", sagte ich mit einem Seufzer. „Dennoch, falls Mrs. Rockerbilt jemals herausfinden sollte –"

„Das wird sie nicht, Bunny", sagte Henriette. „Sie wird nie Gelegenheit haben, die Echtheit ihrer Tiara zu testen. Diese Leute aus Newport haben andere Einnahmequellen als die vulgären Pfandhäuser."

Aber leider! Später machte Henriette selbst eine Entdeckung, die ihre Augen vorerst rot färbte vor Weinen. Die Rockerbilt- Tiara selbst war genauso gefälscht wie unser eigenes Exemplar. In dem ganzen Outfit war kein echter Stein, und das Schlimmste daran war, dass Henriette unter diesen Umständen niemandem über die Teetassen hinweg sagen konnte, dass Mrs. Rockerbilt , um es im vulgären Sprachgebrauch auszudrücken, der High Society „einen Glanz verleiht". .

VIII
DAS ABENTEUER DER CARNEGIE-BIBLIOTHEK

„Gnädiger Midas, Bunny", sagte Henriette eines Morgens, als ich das Frühstückstablett aus ihrer Wohnung holte. „Haben Sie das Ausmaß von Mr. Carnegies Wohltaten in der heute Morgen veröffentlichten Liste gesehen?"

„Ich habe mein Papier noch nicht erhalten", sagte ich. „Außerdem bezweifle ich, dass es irgendeinen Hinweis auf solche Angelegenheiten enthalten wird, wenn es dann doch kommt. Sie wissen, dass ich nur die London *Times lese* , Frau Van Raffles. Das habe ich nicht." konnte in die amerikanischen Zeitungen gehen.

„Dann bist du noch mehr dumm, Bunny", lachte meine Herrin. „Jeder Mann, der Verbrechen als höfliche Ablenkung betreiben will und die amerikanischen Zeitungen nicht liest, versäumt, sich eines der wirksamsten Instrumente zur Erzielung höchster künstlerischer Ergebnisse zu bedienen. In keinem Teil der Welt kann man eine Zeitung in die Hand nehmen Land, ohne irgendwo in seinen Spalten einen Hinweis auf eine neue Art des Einbruchs zu entdecken, eine neue und hochkünstlerische Methode, das Autogramm eines anderen Mannes so zu schreiben, dass es, wenn es einem Scheck beigefügt und bei seiner Bank vorgelegt wird, der genauesten Prüfung standhält, der die Der Kassierer wird es einer wahrhaft napoleonischen Methode mit völlig neuartigem Konzept für die plötzliche Trennung der Reichen von ihrem Besitz unterwerfen. Jede Universität, die versucht hat, eine Schule der Geldwäsche in ihren Lehrplan aufzunehmen, und die Tageszeitungen als positive Inspirationsquelle ignoriert hat Die Ausübung der höchsten Kunstfertigkeit in diesem Beruf würde genauso schändlich scheitern, als würde man vergessen, die Grundprinzipien der Hochfinanz zu lehren.

„Ich war mir ihrer Kompetenz in dieser Richtung nicht bewusst", sagte ich.

„Du wirst nie weiterkommen, Bunny", seufzte Henriette, „weil du Gelegenheiten, die sich direkt vor deiner Nase bieten, nicht schnell ergreifst. Wie glaubst du, dass ich in Newport zum ersten Mal von all dieser Bestechung erfahren habe? Warum, durch die Lektüre der Zeitungsberichte." von ihren Juwelen in den Sonntags- und Tageszeitungen. Wenn ich Mr. Rockerbilt überwältigen und seine Taschen durchwühlen will, muss ich mich nur an irgendeinem dunklen Opernabend nach zwölf vor dem Crackerbaker Club aufhalten und fangen Er ist auf dem Weg nach Hause, sein Vermögen ist überall auf ihm zu sehen. Denn in den Zeitungen steht, dass er regelmäßig im Crackerbaker zu Gast ist und dort jeden Abend nach der Oper Bridge spielt in meiner kleinen East-Side-Wohnung die Fifth Avenue hinauf in Mrs. Gasters Esszimmer, wo sie mit geschlossenen Augen einen Millionenteller auf ihrem Buffet hat, ohne Angst zu haben, über eine Stufe, einen Stuhl oder auch nur einen Fußschemel zu stolpern? Zeitungen haben so oft Diagramme des Inneren der Residenz der Dame abgedruckt, dass sich die Flure, Gänge, Türen, Ausgänge, Wendungen und Sackgassen unauslöschlich in mein Gedächtnis eingebrannt haben. Wie erlangte ich mein wunderbares Wissen über die genaue Anzahl der Perlen, Rubine, Diamanten, Opale, Diademe, Armbänder, Halsketten, Stocher und anderen wunderschönen Juwelen, die sich jetzt im Besitz des eleganten Sets befinden? Nur durch eine gewissenhafte Hingabe an die Inhalte der Tageszeitungen in ihren Berichten über das Treiben der gesellschaftlich Auserwählten. Ich habe ein Sammelalbum, Bunny, an dem ich zwei Jahre lang gearbeitet habe, und in der ganzen Zeit wurde kein Romaneinbruch gemeldet, der nicht in meinem Buch verzeichnet wäre, kein Juwel, das in der Oper erschienen wäre, das Theater, der Wohltätigkeitsball, die Pferdeshow oder ein Affenessen, das in meinem Vademecum nicht gebührend erwähnt , vollständig beschrieben und in gewissem Sinne lokalisiert wurde. Ohne dieses Wissen könnte ich genauso wenig auf Erfolg hoffen, wie Sie es könnten, wenn Sie in der Wüste Sahara Berglöwen jagen würden oder versuchen würden, gesprenkelte Forellen aus den Tiefen einer leeren Goldfischkugel anzulocken.

„Ich verstehe", sagte ich sanftmütig. „Ich habe eine großartige Gelegenheit verpasst. Ich werde die *Tribune* und *Evening Post* sofort abonnieren."

Ich habe nie verstanden, warum Henriette diese Beobachtung mit einem silbrigen Gelächter quittierte, das die Stimme förmlich zum Klingen brachte. Ich weiß nur, dass es mich so irritiert hat, dass ich den Raum verlassen habe, um eine Erwiderung zu vermeiden, die unsere Freundschaft ernsthaft hätte stören können. Später am Tag klingelte Frau Van Raffles für mich und ich folgte ihrem Befehl.

„Bunny", sagte sie, „ich habe mich dazu entschlossen – ich muss eine Carnegie-Bibliothek haben, das ist alles, und du musst helfen. Der Eisenmeister hat bereits neununddreißig Millionen Dollar ausgegeben." über solche Dinge, und ich verstehe nicht, warum wir es nicht können, wenn andere Leute sie bekommen können.

„Möglicherweise, weil wir keine Stadt, kein Dorf und kein Weiler sind", schlug ich vor, denn ich hatte seit meinem morgendlichen Gespräch mit der Dame die Tageszeitungen durchgesehen und genau herausgefunden, wer die Nutznießer von Mr. Carnegies Wohltaten gewesen waren. „Er gibt sie nicht an Einzelpersonen, sondern an Gemeinschaften."

„Natürlich nicht", antwortete sie schnell. „Aber was hindert uns daran, eine Gemeinde zu werden?"

Meine Antwort war ein erstauntes Schweigen, denn ehrlich gesagt konnte ich beim besten Willen nicht erraten, wie wir so etwas tun sollten.

„Es ist die einfachste Sache der Welt", fuhr sie fort. „Alles, was Sie tun müssen, ist, eine verlassene Farm auf Long Island mit einer kahlen Küste zu kaufen, sie in Eckgrundstücke aufzuteilen, die Grundstücke auf dem Ratenzahlungsplan zum Verkauf anzubieten, Ihren Bürgermeister zu wählen und Raffleshurst – by the – Das Meer, von der Meeresbrise umweht, fünfzehn Cent von der Batterie entfernt, ist eine lebendige, atmende Realität."

„Bei dem springenden Disraeli, Henriette, aber du bist ein Wunder!" Ich weinte vor Begeisterung. „Aber", fügte ich hinzu, während meine Begeisterung etwas nachließ, „kostet es nicht Geld?"

„Etwa fünfzehnhundert Dollar", sagte Henriette. „Das kann ich bei Bridge in einer Stunde gewinnen."

„Nun", sagte ich, „du weißt, dass du meine Dienste befehlen kannst, Henriette. Was soll ich tun?"

„Organisieren Sie die Stadt", antwortete sie. „Hier sind fünfzig Dollar. Das reicht für den Anfang. Gehen Sie nach Long Island, kaufen Sie die Farm, hängen Sie ein paar Schilder auf, die die Leute auffordern, ein eigenes Haus zu besitzen, und machen Sie in den Sonntagszeitungen in großen Großbuchstaben Werbung für den Ort als wahrscheinlich." Um der Hafen der Zukunft zu sein, betrachten Sie sich als ordnungsgemäß gewählten Bürgermeister, schauen Sie auf dem Rückweg in einem Fotoladen in New York vorbei und machen Sie ein paar Dutzend Fotos von Straßenszenen in Binghamton, Oberlin, Kalamazoo und anderen dicht besiedelten Städten. und dann komme ich hierher zurück, um weitere Anweisungen zu erhalten. In der Zwischenzeit werde ich die anderen Details des Schemas ausarbeiten.

Meiner Gewohnheit entsprechend befolgte ich Henriettes Anweisungen buchstabengetreu. Innerhalb einer Woche wurde eine 500 Hektar große Farm gesichert, der trostlose und kälteste Ort, der je von der Meeresbrise gefegt wurde. Es kostete sechshundert Dollar in bar, mit sofortiger Inbesitznahme. Drei Tage später hatte ich mit Hilfe eines Lineals etwa zwölftausend Eckgrundstücke auf dem Ding eingezeichnet und dank meines zeichnerischen Geschicks hatte ich alles für jedermanns Einsicht bereit, einen feinen Grundriss von Raffleshurst -by- the-Sea wurde wie immer von einer Landbaugesellschaft in diesem oder einem anderen Land errichtet. Dann besorgte ich mir die von meiner Geliebten gewünschten Fotos, bewarb Raffleshurst in drei Sonntagszeitungen im Umfang von je einer halben Seite und kehrte nach Newport zurück. Ich schmeichelte mir selbst, dass die Sache gut gemacht war, denn als ich die Anzeige las, blieb mir nichts anderes übrig, als Henriette persönlich vor Ort zu besuchen. Die Anzeigen seien so formuliert, dass sie unwiderstehlich seien.

Raffleshurst blickte und feststellte, wie gut ich ihre Befehle ausgeführt hatte. „Unter der richtigen Anleitung sind Sie ein äußerst fähiger Arbeiter. Nichts könnte besser sein. Nichts – absolut nichts. Und jetzt zu Mr. Carnegie.“

Ich sah immer noch nicht, wie die Sache ausgehen würde, aber mein Vertrauen in meinen Anführer war so groß, dass ich keine Bedenken hatte.

„Hier ist ein Brief von Mrs. Gaster, in dem sie den ehrenwerten Henry Higginbotham, Bürgermeister von Raffleshurst , Mr. Carnegie vorstellt“, sagte Henriette. „Sie werden sofort den Eisenmeister aufsuchen. Überreichen Sie diesen Brief, natürlich unter Berücksichtigung, dass Sie selbst der ehrenwerte Henry Higginbotham sind. Zeigen Sie ihm diese Fotos des Rathauses in Binghamton, des öffentlichen Parks in Oberlin, der High School in Oswego, der Battery Walk in Charleston und anderer öffentlicher Einrichtungen in verschiedenen anderen Städten, wenn er Sie fragt, was für ein Ort Raffleshurst ist; reichen Sie dann offen und furchtlos Ihren Antrag für eine 150.000-Dollar-Bibliothek ein. Ein Bild – dieses wunderschöne Foto der Music Hall auf der St. Louis Exhibition – übersehen Sie anscheinend immer und erfinden nur Dinge, damit er fragt, was es ist. Dann müssen Sie bescheiden anmerken, dass es nichts weiter als eine kleine 200.000-Dollar-Kunstgalerie ist, die Sie der Stadt selbst geschenkt haben. Verstehen Sie?“

„Hm – ja, ich verstehe“, sagte ich. „Aber es ist ein ziemlich riskantes Geschäft, Henriette. Angenommen, Mrs. Gaster bittet um weitere Informationen über Bürgermeister Higginbotham? Ich denke, es war unklug von Ihnen, sie mit dem Unternehmen in Verbindung zu bringen. "

„Machen Sie sich darüber keine Sorgen, Bunny. *Ich* habe diesen Empfehlungsbrief geschrieben – ich habe nicht umsonst Schreibkunst studiert, wissen Sie. Mrs. Gaster wird es nie erfahren. Also machen Sie einfach Ihre kühnste Fassade, merken Sie sich Ihren Namen und ziehen Sie an.“ „Vergiss nicht, bescheiden zu sein, wenn es um deine eigene 200.000-Dollar-Kunstgalerie geht. Das wird ihn inspirieren, denke ich.“

Es dauerte eine Woche, bis ich zum Eisenmeister kam; aber schließlich gelang es mir dank des Empfehlungsschreibens von Frau Gaster. Mr. Carnegie war wie immer in einer äußerst liebenswürdigen Stimmung und empfing mich herzlich, selbst als er herausfand, dass ich eigentlich mit ihm Geschäfte machte.

„"WENN SIE EINEN SEE WOLLEN, MR. HIGGINBOTHAM, ICH –"“

„Ich hatte dieses Jahr nicht vor, weitere Bibliotheken zu verschenken", sagte er, als er die Bilder überflog. „Ich verschenke jetzt Seen", fügte er hinzu. „Wenn Sie einen See wollten, Mr. Higginbotham, ich –"

„Wir haben bereits eine so große Uferpromenade, Mr. Carnegie", sagte ich, „und die meisten unserer Bewohner sind junge Ehepaare mit Kindern unter drei und fünf Jahren. Ich fürchte, sie würden einen See als Gefahrenquelle betrachten." ."

„Das ist ein hübscher Spielplatz", schlug er vor und warf einen Blick auf den Oberlin Park. „Irgendwie erinnert es mich an etwas."

Ich hielt es für sehr wahrscheinlich, habe es aber natürlich nicht gesagt. Ich bin vielleicht ein Narr, aber ich habe ein gewisses Fingerspitzengefühl.

„Wir schlagen vor, die Bibliothek in der hintersten Ecke des Parks unterzubringen, wenn Sie so freundlich sind, sie uns zu überlassen", war alles, was ich wagte.

"Hm!" er überlegte. „Nun, wissen Sie, ich helfe gerne Menschen, die sich selbst helfen – das ist mein System."

Ich versicherte ihm, dass wir in Raffleshurst es gewohnt seien, uns bei allem zu bedienen, was wir in die Finger kriegen könnten, ein Scherz, der ihm, obwohl er nur allzu wahr war, angenehm zu gefallen schien.

„Was ist das für ein hübsches Bauwerk, an dem du immer vorbeigehst?" fragte er, als es mir gelang, das Foto vom Varieté zum fünften Mal beiseite zu schieben.

Ich lachte abfällig. „Oh, das", sagte ich bescheiden, „das ist nur eine kleine zweihunderttausend Dollar teure Musikhalle und Kunstgalerie, die ich selbst für die Stadt gebaut habe."

Oh, diese wunderbare Henriette! Woher wusste sie, dass Großzügigkeit selbst unter allzu großzügigen Menschen ansteckend war?

"In der Tat!" sagte Mr. Carnegie und sein Gesicht leuchtete vor echter Freude. „Nun, Mr. Higginbotham, ich schätze – ich schätze, ich werde es tun. Ich kann an Großzügigkeit nicht von Ihnen übertroffen werden, Sir, und – ähm – ich schätze, Sie können sich auf die Bibliothek verlassen. Glauben Sie, hundertund fünfzigtausend Dollar werden ausreichen?"

„Na ja, natürlich –", begann ich.

„Warum zahle ich nicht meinen Beitrag gleich Ihrem und nenne ihn sogar zweihunderttausend Dollar?" er unterbrach ihn.

„Du überwältigst mich", sagte ich. „Natürlich, wenn du willst –"

„Und der Gemeinderat von Raffleshurst wird jährlich fünf Prozent dieses Betrags für seinen Unterhalt bereitstellen?" er erkundigte sich.

„Ein solcher Beschluss ist bereits gefasst", sagte ich und zog ein Papier aus meiner Tasche. „Hier ist die Verordnung, ordnungsgemäß unterzeichnet von mir als Bürgermeister und dem Sekretär des Rates."

Wieder diese außergewöhnliche Frau, die mir ein so notwendiges Dokument zur Verfügung gestellt hat!

Der Millionär erhob sich eifrig und zog mir eigenhändig den geforderten Scheck aus.

„Herr Bürgermeister", sagte er, „ich mag die schnelle, sachliche Art und Weise, wie Sie Dinge erledigen. Bitte überbringen Sie den Bürgern von Raffleshurst -by-the-Sea meine Komplimente und sagen Sie ihnen, dass ich das nur allzu gerne tue." Helfen Sie ihnen, wenn Sie jemals einen See wollen, Sir, zögern Sie nicht, mich anzurufen. Mit welchen liebenswürdigen Worten verabschiedete mich der Millionär.

„*Zweihunderttausend* Dollar, Bunny?" rief Henriette, als ich ihr den Scheck reichte.

„Ja", sagte ich.

„Nun, das *ist* ein guter Tagessport!" sagte sie und blickte auf den Zettel. „Doppelt so viel, wie ich erwartet hatte."

Raffleshurst gehen, um sich das neue Gebäude anzusehen und herauszufinden, was für ein Blödsinn wir mit ihm gespielt haben?"

„Das wird er wahrscheinlich aus zwei Gründen nicht tun, Bunny", antwortete sie. „Erstens leidet er im Winter stark unter Hexenschuss und kann nicht reisen, und zweitens müsste er Raffleshurst -by-the-Sea finden, bevor er herausfinden könnte, dass jemand ein Spiel aufgestellt hat Ich denke, bis er startbereit ist, können wir dafür sorgen, dass Raffleshurst von der Landkarte gestrichen wird.

„Nun, ich denke, das ist der klügste Trick, den du bisher gemacht hast, Henriette", sagte ich.

„Unsinn, Bunny, Unsinn", antwortete sie. „Jeder Idiot kann sich heutzutage eine Carnegie-Bibliothek zulegen. Deshalb habe ich *dir* den Job gegeben, mein Lieber", fügte sie liebevoll hinzu.

IX
Das Abenteuer des Überfalls

Jetzt, da alles vorbei ist, weiß ich nicht, ob sie wirklich erschöpft war oder durch die fachmännische Anwendung von Puder ihren Wangen das blasse Aussehen verlieh, das Mrs. Van Raffles' Aussage mir gegenüber bestätigte, dass sie eine Pause brauchte. Jedenfalls gestand mir eines Morgens Mitte August, als die Newport-Saison in vollem Gange war, Henriette, die sehr blass und fahl aussah, unter Tränen, dass ihr das Geschäft auf die Nerven gegangen sei und dass sie auf eine Kur gehen würde zehn Tage lang auf dem Hudson.

„Ich kann es einfach keine Minute länger ertragen, Bunny", stammelte sie und echte Tränen liefen ihr über die Wangen. „Seit fünf Tagen habe ich kein einziges Mal den natürlichen Schlaf geschlafen, und doch wenn es Nacht wird, kann ich nur noch die Augen offen halten. Gestern Abend bin ich beim Rockerbilt- Ball viermal eingenickt, während ich mit der Herzogin von Snarleyow gesprochen habe , und als der chinesische Botschafter mich bat, mit ihm während der Gavotte auszusitzen, wurde mir gesagt, dass ich ihm tatsächlich ins Gesicht geschnarcht habe. Eine Frau, die nicht die ganze Nacht wach bleiben und tagsüber nicht richtig schlafen kann, passt nicht in die Gesellschaft von Newport, und ich auch „Ich muss einfach weggehen und meine Nerven wiedergewinnen."

„Sie sind sehr weise", antwortete ich, „und ich bin mit Ihrem Vorgehen voll und ganz einverstanden. Es hat keinen Sinn, zu viel zu tun, und Sie haben begonnen, die Belastung zu erkennen, der Sie sich ausgesetzt haben. Ihr Versagen letzten Freitagabend." Mrs. Gollets rubinrotes Hundehalsband zu bekommen , während ihr französischer Pudel die ganze Zeit über auf Ihrem Schoß saß, ist für mich ein Beweis dafür, dass Ihr Geist nicht so wachsam ist wie sonst. Gehen Sie auf jeden Fall weg und ruhen Sie sich aus kümmert sich um die Dinge hier.

„Danke, Liebes", sagte sie mit einem dankbaren Lächeln. „Du brauchst auch eine Abwechslung, Bunny. Was würdest du sagen, wenn ich auch alle Diener wegschicken würde, damit du eine Woche lang absolute Ruhe hättest ? mit den Hausmädchen, den Unterbutlern und den Lakaien.

„Nichts würde mir besser gefallen", erwiderte ich eifrig; Denn um ehrlich zu sein, wurde die Gesellschaft unter der Treppe schnell zu einem Kaviar nach meinem Geschmack. Die Hausmädchen waren in Ordnung, und die Unterbutler waren meiner Kontrolle unterworfen und ich konnte verkümmern, wenn sie mir zu vertraut wurden, aber die Lakaien waren unerträgliche Kerle . Ihr schneller irischer Witz hatte mich mehr als einmal dazu gebracht, meine Würde zu wahren, und mir war in letzter Zeit aufgefallen, dass ihr angeblicher Spaß auf meine Kosten sogar das Stubenmädchen auf äußerst irritierende Weise zum Kichern gebracht hatte. Henriettes Vorschlag versprach, mindestens eine Woche lang vor solchen Dingen geschützt zu sein, und was das Alleinsein in der wunderschönen Bolivar Lodge betraf, könnte es für einen Mann meines literarischen und künstlerischen Geschmacks nichts Begehrenswerteres geben.

„Eine Woche Einsamkeit kann ich hier sehr bequem verbringen", sagte ich. „Die Constant- Scrappes haben eine sehr ausgezeichnete Bibliothek und eine Lektüre in abstrakter Moral in vollem Umfang, die ich sehr gerne lesen würde."

„Dann sei es so", sagte Henriette mit einem erleichterten Seufzer. „Ich werde nächsten Samstag nach dem Muschelbacken des Innitt auf Honk Island abreisen . Die Bediensteten können am Samstagnachmittag gehen, nachdem das Haus in Ordnung gebracht wurde. Sie können einen frischen Vorrat an Champagner und Zigarren für sich selbst und für Ihre Familie bestellen Mahlzeiten-"

„Kümmern Sie sich darum nicht", sagte ich lachend. „Ich habe monatelang von der Chafing Dish gelebt, bevor ich dich wiedergefunden habe. Und ich glaube eher, dass mir der Wechsel von Wildgeflügel und Gänseleberpastete zu einfachen Eiern und Brot und Butter gut tun wird."

Und so war die Sache geregelt. Den Bediensteten wurde mitgeteilt, dass sie aufgrund der Krankheit von Frau Van Raffles möglicherweise zehn Tage lang Urlaub bei voller Bezahlung nehmen könnten, und Henriette selbst bereitete die Gesellschaft auf ihre Abreise vor, indem sie beim Muschelbacken der Innit auf Honk Island zweimal ohnmächtig wurde.

Keine geringere Person als Mrs. Gaster selbst brachte sie um vier Uhr morgens nach Hause, und ihre letzten Worte waren eine Ermahnung an ihre „ *liebe* Mrs. Van Raffles", „um unser aller willen" auf sich selbst aufzupassen. Am Samstagmorgen reiste Henriette ab. Am Samstagnachmittag folgten die Diener diesem Beispiel, und ich war allein in meiner Pracht – und oh, wie ich mich daran erfreute ! Die Schönheiten der Bolivar Lodge hatten sich mir noch nie so offenbart wie damals; Das Haus war draußen so dunkel wie das Grab, dank der geschlossenen Fensterläden und dem Heranziehen aller schweren Portièren vor den Fenstern, aber drinnen vom Keller bis zum Dach strahlte es hell. Ich verbrachte Stunden damit, mich über die Schätze dieser Schatzkammer von Monte-Cristan zu freuen, und den ganzen Sonntag und Montag verbrachte ich damit, über den Büchern in der Bibliothek zu brüten, einer wunderbaren Sammlung, wenn auch größtenteils völlig unzerschnitten.

Alles verlief friedlich, bis ich am Mittwochnachmittag glaubte, ein Geräusch im Keller zu hören, aber die Nachforschungen ergaben, dass niemand da war außer einer streunenden Katze, die als Antwort auf meinen Ruf „Wer ist da?" die Kellertreppe hinauf zu mir miaute . Allerdings bin ich nicht hinuntergegangen, um nachzusehen, ob jemand da ist Ich hatte keine Lust, mich auf eine persönliche Begegnung mit einem zufälligen Landstreicher einzulassen, der vielleicht auf der Suche nach Nahrung vorbeigekommen war. Das plötzliche Auftauchen der Katze erklärte die Geräusche zufriedenstellend, und ich kehrte in die Bibliothek zurück, um meine Lektüre von „ *Der Ursprung des Dekalogs*" dort fortzusetzen, wo ich im Moment der Unterbrechung aufgehört hatte. An diesem Abend kochte ich mir ein Welsh-Kaninchen und um acht Uhr kehrte ich im Schlafanzug mit einem Buch, einer Flasche Champagner und einer Schachtel Vencedoras in die Bibliothek zurück , vorbereitet für einen ruhigen Abend im absoluten Luxus. Ich las eine Weile im schwindenden Licht des sterbenden Mittsommertages, und dann, als es dunkel wurde, wandte ich mich an den Schaltkasten, um die elektrische Lampe anzuzünden.

Die Lampe würde nicht leuchten.

Ich drückte und drückte jeden Knopf im Raum, aber ohne bessere Ergebnisse; Als ich dann durch das Haus ging, probierte ich jeden anderen Knopf aus, den ich finden konnte, aber überall waren die gleichen Bedingungen. Anscheinend stimmte etwas mit der Stromversorgung nicht, eine Tatsache, die ich verfluchte, aber nicht zutiefst, denn es war eine wunderschöne Mondnacht, und obwohl ich natürlich von meiner Lektüre enttäuscht war, wurde mir klar, dass es schließlich nichts Schöneres geben konnte, als es zu tun Sitze im Mondlicht und rauche und trinke jede Menge Champagner bis zum Anbruch des Untergangs. Ich machte sofort damit weiter und behielt es ziemlich konsequent bei, bis ich, sagen wir mal gegen elf Uhr, unverkennbare Anzeichen eines großen Autos hörte, das die Auffahrt heraufkam. Es tuckerte bis zur Vordertür und stand dann keuchend wie eine ungeduldige Dampflok da, während der Chauffeur, ein mittelgroßer Mensch, gut eingehüllt in seinen Automantel, sein Gesicht hinter seiner Schutzbrille verborgen und seinen Mund von ihr verdeckt hatte Kragen, klopfte lautstark an die Vordertür, einmal, dann ein zweites Mal.

„Wer zum Teufel kann das zu dieser Nachtzeit sein, frage ich mich", murmelte ich, als ich auf die Aufforderung reagierte.

Wenn ich nach dem Namen suchte, sollte ich damit nicht zufrieden sein, denn als ich die Tür öffnete, sah ich zwei auf mich gerichtete Pistolen und zwei sehr entschlossene Augen, die mich hinter den Schutzbrillen anstarrten.

„Kein Wort, sonst schieße ich", sagte der Eindringling mit schroffer Stimme, offensichtlich verdächtig, bevor ich ein Wort aus meiner ohnehin schon etwas nach Champagner verzogenen Zunge herausbekommen konnte. „Führe mich ins Esszimmer."

Nun, da war ich. Wehrlos , überrumpelt, unbewaffnet, nicht zu hellwach, wohlig mit Champagner gefüllt und in keiner besonderen Kampflaune. Was blieb mir anderes übrig, als nachzugeben? Um Hilfe zu rufen, hätte mir mindestens zwei Kugeln ins Gehirn geschossen, selbst wenn irgendjemand meine Schreie hätte hören können. Einen so gut bewaffneten Schurken anzugreifen, wäre der Gipfel der Torheit gewesen, und um die Wahrheit zu sagen, war ich so von dem höflicheren Geist der sanften Kunst des Einbruchs durchdrungen, als diese plötzliche Konfrontation mit den roheren, raueren Methoden des Einbruchs Der Straßenräuber ließ mich völlig unfähig, mit der Situation klarzukommen.

„Sicherlich", sagte ich, drehte mich um und führte ihn durch den Flur in das große Esszimmer, wo der wunderbare Teller der Constant- Scrappes auf der Anrichte glänzte – oder zumindest etwas davon, für das in der riesigen Anrichte kein Platz war sicher.

„Hol mir ein Seil", befahl der Eindringling. Immer noch unter der Reichweite dieser schrecklichen Pistolen gehorchte ich.

„Setzen Sie sich auf diesen Stuhl, und wenn Sie sich beim springenden Gladstone nur einen Zentimeter bewegen, blase ich Ihnen jedes Merkmal das Gesicht weg", knurrte der Eindringling.

„Wer zieht um?" Ich erwiderte wütend.

„Nun, sehen Sie zu, dass Sie nicht wer auch immer Sie sind", erwiderte er, wickelte das Seil dreimal um meine Taille und befestigte mich sicher an der Stuhllehne. „Jetzt strecke deine Hände aus."

Ich gehorchte, und er band sie so fest, als wären sie mit Eisenstangen aneinander befestigt. Einen Moment später wurden meine Füße und Knie ebenfalls gefesselt und ich war genauso schnell in der Arbeit wie Gulliver, als die Liliputaner im Schlaf über ihn herfielen und ihn an die Erde fesselten.

„Eine so leidenschaftliche und selbstherrliche Leistung, wie ich sie noch nie erlebt habe"

Und dann war ich stummer Zeuge einer so leidenschaftlichen und selbstherrlichen Aufführung, wie ich sie noch nie gesehen habe. Nach und nach wurde jedes Stück des Silberservices von Constant-Scrappe im Wert von neunzigtausend Dollar aus der Anrichte genommen, durch den Flur getragen und in die Ladefläche des Automobils gelegt. Als nächstes der Safe, in dem nicht nur das berühmte Goldservice lag, das nur bei den allerhöchsten Anlässen zum Einsatz kam , von dem es heißt, dass es allein für das Gold einhundertfünfundsiebzigtausend Dollar gekostet habe, ganz zu schweigen von der exquisiten Verarbeitung, sondern – es hat mich beeindruckt Ich knirsche mit den Zähnen vor ohnmächtiger Wut, als ich es sehe: Henriettes eigenes Schmuckkästchen, das ihre eigenen Edelsteine im Wert von hunderttausend Dollar und etwa dreißigtausend Dollar in bar enthielt, wurde ihres Inhalts beraubt und auf die gleiche Weise entsorgt wie das Silber im klaffenden Schlund von dieser verdammte Auto-Tonneau.

„Jetzt", sagte der Eindringling, lockerte meine Füße und befreite mich vom Stuhl, „bringen Sie mich in das Boudoir meiner Dame. Im Auto ist Platz für ein paar weitere Virtuositätsgegenstände."

Ich gehorchte sofort und wenige Augenblicke später wiederholte sich die Szene von unten, ohne dass ich widerstehen konnte. Bilder, Nippes und andere Dinge im Wert von zwanzigtausend Dollar mehr wurden entfernt, so ruhig und kühl, als gäbe es kein Gesetz gegen so etwas auf der Welt .

"Dort!" rief der Straßenräuber, als er zurückkam, nachdem der letzte Teil seiner Beute im Fahrzeug verstaut worden war. „Das wird eine interessante

Geschichte für die Freitagmorgenzeitungen sein. Es ist die größte Beute, die ich seit achtundvierzig Jahren gemacht habe. Gute Nacht, Sir. Wenn ich sicher aus der Stadt heraus bin , werde ich der Polizei telegrafieren, dass sie zur Rettung kommt Sie aus Ihrer gegenwärtigen misslichen Lage. Und lassen Sie mich Ihnen sagen, wenn Sie ihnen auch nur den geringsten Hinweis auf mein persönliches Aussehen geben, werde ich zurückkommen und Sie töten.

Und damit machte er sich auf den Weg, schloss die Tür hinter sich, und einen Moment später hörte ich, wie sein höllisches Auto mit voller Geschwindigkeit die Auffahrt hinunterrollte. Zwölf Stunden später, als Reaktion auf eine Ferngesprächsnachricht aus New York, stürmte die Polizei um das Haus herum und fand mich gefesselt und bewusstlos vor. Der Straßenräuber hatte zumindest sein Wort gehalten, und wie er es prophezeit hatte, waren die Morgenzeitungen am Freitag voll von der Geschichte des gewagtesten Raubüberfalls des Jahrhunderts. In allen Zeitungen erschienen ausführliche und ausführliche Geschichten unter großen, gruseligen Schlagzeilen, in denen von den Verlusten der Constant- Scrappes sowie von der Vergewaltigung der Juwelen und des Geldes von Mrs. Van Raffles berichtet wurde. Das ganze Land hallte davon, und der Nachmittagszug brachte nicht nur Dutzende Kriminalbeamte, sondern auch die Vertreterin der Constant- Scrappes und Henriette selbst. Sie war äußerst hysterisch über den Verlust nicht nur ihres eigenen Eigentums, sondern auch des Eigentums ihres Vermieters, aber niemand machte mir die Schuld. Die Aussage der Polizei über meinen Zustand bei der Auffindung untermauerte meine Geschichte vollständig und wurde als hinreichender Beweis dafür angesehen, dass ich keine kriminelle Verbindung zu dem Raub hatte. Das war eine große Erleichterung für mich, aber noch größer wurde es, als Henriette meine Hand streichelte und mich „armer alter Hase" nannte, denn ich muss sagen, ich machte mir Sorgen, was sie von mir denken würde, weil ich mich als so schlechte Beschützerin von ihr erwiesen hatte Eigentum.

Seitdem sind Monate vergangen, ohne dass eine Spur des gestohlenen Eigentums gefunden wurde. Die Constant- Scrappes ertrug ihren Verlust mit Gleichmut, wie es ihnen gebührte, da niemand hätte vorhersehen können, dass ein solches Unglück sie treffen würde; Und was Frau Van Raffles betrifft, so erwähnte sie die Angelegenheit mir gegenüber nie wieder, bis auf ein einziges Mal, und das brachte mich zum Nachdenken.

„Er war ein schlauer Schlingel, sagst du, Bunny?" sie fragte eines Morgens.

„Ja", sagte ich. „Eines der Besten in der Branche, glaube ich."

„Ein großer Kerl?" Sie grinste mit einem seltsamen Lächeln.

„Oh, ungefähr deine Größe", sagte ich.

„Nun, bei dem hüpfenden Harcourt", erwiderte sie fragend, „wenn du ihnen auch nur den geringsten Hinweis auf *mein* persönliches Aussehen gibst, komme ich zurück und töte dich. Verstehst du?"

Die Worte des Mannes! Und dann lachte sie.

"Was?" Ich weinte. "Du warst es!"

"War es?" sie kam leichthin zurück.

„Warum zum Teufel du dir so viel Mühe gibst, wenn du doch das Zeug hier hast, ist es, was mich rätselhaft macht", sagte ich.

„Oh, es war kein Problem", antwortete sie. „Nur Spaß – du hast so komisch ausgesehen, wie du da oben in deinem Pyjama gesessen hast; und außerdem kann eine materielle Tatsache wie dieser Überfall die Polizei überzeugender sein, ganz zu schweigen von den Constant- Scrappes , als jede bloße Tatsache Geschichte, die wir erfinden könnten.

„Nun, du solltest besser vorsichtig sein, Henriette", sagte ich mit einem Schauder. „Die Detektive sind schlau –"

„Stimmt, Bunny", antwortete sie ernst. „Aber sehen Sie, der Straßenräuber war ein Mann und – nun ja, ich bin eine Frau, mein Lieber. Ich kann ein Alibi nachweisen. Übrigens haben Sie an jenem Mittwoch die Kellertür unverschlossen gelassen. Ich habe sie offen vorgefunden, als ich mich schlich Du darfst nicht so nachlässig sein, mein Lieber, sonst müssen wir unsere Beute vielleicht mit anderen aufteilen.

Wunderbare Frau, diese Henriette!

X
DAS ABENTEUER VON MRS. SHADD'S MUSICAL

Henriette war sichtlich wütend, als ich ihr neulich morgens die frühe Post brachte und sie entdeckte, dass Frau Van Varick Shadd ihr in Sachen Jockobinski , dem Affenvirtuosen, zuvorgekommen war. Die Gesellschaft war sehr interessiert an der gemeldeten Ankunft dieses wunderbar talentierten Affen in Amerika, der genauso gut Geige spielen konnte wie Ysaye und der als Interpret am Klavier Paderewski weit überlegen war, weil er in seiner Kindheit und vor allem in seiner Kindheit aufgenommen wurde Für diesen Zweck ausgebildet, konnte er sowohl mit den Füßen und dem Schwanz als auch mit den Händen spielen. Tommy Dare, der führende Newport-Experte für Affen, hatte berichtet, dass er ihn Brahms „Variationen über Paganini" mit seinen Pfoten auf einem Klavier, „Hiawatha" auf einem Xylophon mit seinen Füßen und „Home, Sweet Home" spielen hörte " mit dem Schwanz auf einer Harfe gleichzeitig, vor einem Jahr in Paris, und dass neben Jockobinski alle anderen musikalischen Wunderkinder dieser Zeit zu bloßen Strummern wurden.

„Er ist ein ganzes Orchester für sich", sagte Tommy begeistert, „und ist das einzige Lebewesen, das ich kenne, das eine ganze Symphonie ohne die Hilfe eines angeheuerten Mannes bewältigen kann."

Natürlich war die Gesellschaft auf der *Suche nach* einem so aufrührerischen Genie wie diesem, und alle wohlhabenden Familien von Newport wetteiferten miteinander um das Privileg, ihn als Erste an unseren Küsten begrüßen zu dürfen, nicht weil er ein Freak war, wohlgemerkt, aber „um der Kunst willen." Mrs. Gushington -Andrews bot ihm als Wochenendgast 2500 Dollar an, und Mrs. Gaster gab ihr Gebot sofort zu hundert Prozent ab. besser. Um alle anderen zu übertrumpfen, bot Henriette prompt zehntausend Dollar für einen einzigen Abend an und hatte geglaubt, das Geschäft sei abgeschlossen, als Mrs. Shadds Karten eintrafen, auf denen stand, dass sie sich freuen würde, Mrs. Van Raffles bei sich zu haben Onyx House am Freitagabend, 27. August, um Herrn Jockobinski , den herausragenden Virtuosen, zu treffen.

"Es ist sehr ärgerlich", sagte Henriette, als sie die Einladung öffnete und las. "Ich hatte mir fest vorgenommen, Jockobinski hier zu haben. Nicht, dass mir der musikalische Aspekt besonders am Herzen läge, sondern weil es nichts gibt, was einer Frau eine so sichere gesellschaftliche Stellung verleiht, wie die Gastgeberin eines Tieres seiner besonderen Art zu sein. Du weißt doch noch, Bunny, wie Mrs. Shadd vor zwei Saisons Mrs. Gaster mit ihrem Orang-Utan-Dinner die Führung entrissen hat, nicht wahr?"

Ich gestand, etwas über einen solchen Vorfall in der High Society gelesen zu haben.

„Nun", sagte Henriette, „ *das* hätte diese kleine Episode völlig in den Schatten gestellt. Natürlich tut Mrs. Shadd das, um den Überblick zu behalten, aber es irritiert mich mehr, als ich sagen kann, dass sie es trotzdem bekommt." . Der Himmel weiß, dass ich bereit wäre, dafür zu zahlen, wenn ich mich bei einer Nationalbank verstecken müsste, um an das Geld zu kommen.

„Es ist noch nicht zu spät, oder?" Ich habe nachgefragt.

"Nicht zu spät?" wiederholte Henriette. „Noch nicht zu spät, nachdem Mrs. Shadds Karten herausgekommen sind und die ganze Sache in der Zeitung veröffentlicht wurde?"

„Für eine Frau mit Ihren Fähigkeiten ist es nie zu spät, alles zu tun, wozu sie Lust hat", sagte ich. „Mir scheint, dass eine Person, die wie Sie eine Carnegie-Bibliothek durchsuchen könnte, kaum Schwierigkeiten haben sollte, eine zu heben." Musicale . Natürlich weiß ich nicht, wie Sie es schaffen könnten, aber mit *Ihrem* Verstand – nun ja, ich wäre überrascht und enttäuscht, wenn Sie keinen Plan entwickeln könnten, um Ihre Wünsche zu erfüllen.

Henriette schwieg einen Moment, dann erstrahlte ihr Gesicht mit einem ihrer bezauberndsten Lächeln.

„Bunny, weißt du, dass du trotz deiner überragenden Dummheit manchmal eine Quelle positiver Inspiration für mich bist?" sagte sie und sah mich liebevoll an, wagte ich zu denken.

„Ich bin froh, wenn es so ist", sagte ich. „Manchmal, liebe Henriette, wachsen aus dem schwärzesten Schlamm die schönsten Blumen. Vielleicht liegt im trüben Überrest meiner armen, aber ehrlichen grauen Substanz der Samen verborgen wahres Genie, das die schönsten Blüten des Erfolgs sprießen lässt.

„Na ja, mein Lieber, du hast mich zum Nachdenken gebracht, und vielleicht haben wir Jockobinski doch noch in der Bolivar Lodge", murmelte sie. „Ich möchte ihn natürlich als Erster haben, oder auch gar nicht. Bei so etwas Zweiter zu sein, ist schlimmer, als es überhaupt nicht zu tun."

Tage vergingen, ohne dass ein Wort mehr über Jockobinski und das Musical gesprochen wurde, und ich hatte das Gefühl, dass Henriette endlich am Ende ihres Einfallsreichtums angelangt war – obwohl ich ihr selbst keinen Vorwurf machen konnte, wenn sie es nicht schaffte einen plausiblen Ausweg aus ihrer Enttäuschung. Der Mittwochabend kam, und voller Neugier, den Stand der Dinge zu erfahren, versuchte ich, Henriette zu diesem Thema zu befragen.

„Ich hätte gerne Freitagabend frei, Frau Van Raffles“, sagte ich. „Wenn Sie zu Frau Shadds Musical gehen, haben Sie für mich keine Verwendung.“

„Halt den Mund, Bunny“, erwiderte sie abrupt. „Ich werde Sie am Freitagabend mehr brauchen als je zuvor. Bringen Sie diese Notiz einfach heute Abend zu Mrs. Shadd und hinterlassen Sie sie – wohlgemerkt, warten Sie nicht auf eine Antwort, sondern hinterlassen Sie sie einfach, das ist alles.“

Sie stand vom Tisch auf und überreichte mir ein an Mrs. Shadd adressiertes, angenehm duftendes Schreiben, und ich führte ihren Auftrag getreulich aus. Bunderby , der Butler des Shadd, versuchte mich zu überreden, auf eine Antwort zu warten, versicherte ihm jedoch, dass ich nicht wusste, dass eine Antwort erwartet wurde, und kehrte zur Bolivar Lodge zurück. Eine Stunde später erschien Bunderby an der Hintertür und überreichte mir einen an meine Herrin gerichteten Brief, den ich sofort überbrachte.

„ Wartet Bunderby ?“ fragte Henriette, während sie die Notiz las.

„Ja“, antwortete ich.

„Sagen Sie ihm, er soll dies als Erstes Mrs. Shadd übergeben, wenn sie morgen Abend zurückkommt“, sagte sie, kritzelte hastig einen Zettel nieder und steckte ihn in einen Umschlag, den sie zufällig unverschlossen ließ, damit ich mich auf den Weg machte Als ich wieder unten war, konnte ich es lesen. Darin hieß es, dass sie Mrs. Shadd nur zu gerne entgegenkommen würde und dass es ihr sehr leid tat, zu erfahren, dass ihr Sohn bei einem Autounfall verletzt worden war, als er von Bar Harbor nach Boston fuhr. Es endete mit der Zeile: „Du musst wissen, meine liebe Pauline, dass es nichts gibt, was ich nicht für dich tun würde, egal ob gut oder wehe.“

Das reichte ich Bunderby und er machte sich auf den Weg. Bei meiner Rückkehr war Henriette reisetauglich gekleidet.

„Ich muss den ersten Zug nach New York nehmen“, sagte sie aufgeregt. „Sie werden das Musikzimmer sofort vorbereiten, Bunny. Mrs. Shadds Musical wird hier aufgeführt. Ich werde selbst alle notwendigen Vorkehrungen am New Yorker Ende treffen. Alles, was Sie tun müssen, ist, die Dinge vorzubereiten und Verlassen Sie sich bei allem anderen auf Ihre Unwissenheit?

Unwissenheit abhing, auf einen reichlichen Vorrat davon zurückgreifen konnte. Henriette machte sich sofort mit dem Auto auf den Weg nach Providence und nahm von Boston aus den Mitternachtszug in die Stadt, wo sie, wie ich später erfuhr, am Donnerstag einen anstrengenden Tag verbracht haben musste. Auf jeden Fall kam es am Freitagmorgen in Newport zu einer großen Sensation. Jedes Mitglied des Smart-Sets erhielt per Zehn-Uhr-Post eine kleine gravierte Karte, auf der stand, dass das Shadd-Musical für diesen

Abend aufgrund einer plötzlichen Erkrankung der Familie Shadd in der Bolivar Lodge statt im Ballsaal des Onyx House stattfinden würde. Am Freitagnachmittag traf Jockobinskis privates und besonderes Klavier in der Lodge ein und wurde umgehend im Musikzimmer aufgestellt, und als später die Caterer mit dem Abendessen für die etwa vierhundert zum Fest eingeladenen Gäste eintrafen, war alles für sie bereit. Alles lief reibungslos, und obwohl Henriette noch nicht angekommen war, fühlte ich mich ruhig und sicher, bis Mrs. Shadd gegen halb fünf selbst vor die Haustür fuhr. Ihre Hautfarbe war ungewöhnlich hoch, und wenn sie nicht eine Dame der *Grande Monde gewesen wäre* , hätte ich sagen müssen, dass sie nervös war.

Sie verlangte eher, dass sie meine Herrin sehen wollte, als dass sie darum gebeten hätte, und zwar mit einem Hochmut, der dem arktischen Schnee entsprungen war.

„Mrs. Van Raffles ist Mittwochabend nach New York gefahren", sagte ich, „und ist noch nicht zurückgekehrt. Ich erwarte sie jede Minute, Madame. Sie muss wegen des Musicals hier sein. Wollen Sie nicht warten?"

„ Ja, das werde ich", sagte sie plötzlich. „Das Musical, in der Tat! Humph!" Und sie ließ sich so fest auf einen der Salonstühle fallen, dass ich nur mit Mühe und Not verhindern konnte, dass sie eine unbändige Sorge um die Sicherheit der Möbel an den Tag legte.

Ich muss sagen, dass ich Henriette nicht um das bevorstehende Treffen beneidete, denn es war ganz offensichtlich, dass Mrs. Shadd durch und durch verrückt war. Trotz meiner Dummheit dachte ich eher, ich könnte auch die Ursache erraten. Sie musste nicht lange warten, denn zehn Minuten später donnerte das Auto mit Henriette darin die Auffahrt herauf. Als ich sie hereinließ, versuchte ich, ihr einen Hinweis darauf zu geben, was sie erwartete, aber Mrs. Shadd kam mir zuvor, musste jedoch selbst zuvorkommen.

„Oh, meine liebe Pauline!" Henriette weinte, als sie ihren wartenden Besucher erblickte. „Es ist *so* nett von dir, vorbeizukommen. Ich bin ziemlich erschöpft von all den Vorbereitungen für den Abend und hoffe, dass *es* deinem Sohn besser geht."

„Mein Sohn ist nicht krank, Frau Van Raffles", sagte Frau Shadd kalt. „Ich bin gekommen, um dich zu fragen, was …"

„Nicht krank?" rief Henriette und unterbrach sie. „Nicht krank, Pauline? Warum", atemlos, „das ist das Außergewöhnlichste, von dem ich je gehört habe. Warum gebe *ich* dann heute Abend das Musical an Ihrer Stelle?"

„Genau das möchte ich herausfinden", sagte Frau Shadd.

„Na ja, ausgerechnet seltsam", sagte Henriette und ließ sich auf einen Stuhl fallen. „Sicherlich hast du meinen Zettel bekommen, dass ich Jockobinski heute Abend hier spielen lassen würde, anstatt –"

„Ich habe eine sehr seltsame Nachricht von Ihnen erhalten, dass Sie gerne tun würden, was ich wollte", sagte Mrs. Shadd und begann, weniger wütend und eher verwirrt auszusehen.

„Als Antwort auf Ihre Notiz vom Mittwochabend", sagte Henriette. „Sicher haben Sie mir am Mittwochabend geschrieben? Es wurde von Ihrem eigenen Mann überbracht, Blunderby , ich glaube, sein Name ist? Ungefähr halb sieben Uhr war es – Mittwoch."

„Ja, Bunderby hat Ihnen am Mittwoch eine Nachricht von mir überbracht", sagte Mrs. Shadd. "Aber-"

„Und darin sagten Sie, dass Sie durch einen Unfall mit Ihrem Sohn Willie in seinem Auto nach Boston gerufen wurden: dass Sie möglicherweise nicht rechtzeitig für die Affäre heute Abend zurückkommen könnten und ich sie nicht übernehmen würde", protestierte Frau Van Raffles, vehement.

"ICH?" sagte Frau Shadd und zeigte mehr Überraschung, als es mit ihrer hohen gesellschaftlichen Stellung vereinbar war.

„Und achten Sie auf alle Einzelheiten – auf Ihre Worte, meine liebe Pauline", sagte Henriette mit einer bewundernswert abgestimmten Pause in ihrer Stimme. „Und das tat ich, und *ich sagte Ihnen, dass ich es tun würde* . Ich zog sofort mein Reisegewand an, fuhr nach Providence, fuhr die ganze Nacht in einem sehr unbequemen Schlafwagen nach New York, ging sofort zu Herrn Jockobinskis Agenten und veranlasste den Wechsel." , teilte Sherry mit, dass sie das Abendessen zu mir statt zu Ihnen schicken solle, fuhr zu Tiffany, ließ die Karten eilig durchgehen und an alle auf Ihrer Liste verschicken – Sie wissen ja, dass Sie mir freundlicherweise Ihre Liste gegeben haben, als ich zum ersten Mal nach Newport kam – und kümmerte sich darum Die ganze Sache, und jetzt komme ich zurück und stelle fest, dass das alles ein – ähm – ein Fehler ist! Warum, Pauline, ist es absolut schrecklich *!* "

Henriette war ein perfektes Bild der Verzweiflung. „Ich glaube nicht, dass wir jetzt etwas tun können", sagte Mrs. Shadd reumütig. „Es ist zu spät. Die Karten sind an alle gegangen. Sie haben das ganze Abendessen – es ist kein Sandwich zu mir nach Hause gekommen – und ich nehme an, dass auch alle Instrumente von Herrn Jockobinski hierher gekommen sind."

Henriette drehte sich zu mir um.

„Alles, Madame", sagte ich kurz.

„Nun", sagte Mrs. Shadd und klopfte nervös mit dem Zeh auf den Boden. „Ich verstehe es nicht. *Ich* habe diese Notiz nie geschrieben."

„Oh, aber Mrs. Shadd – ich habe es hier", sagte Henriette, öffnete ihre Handtasche und holte das Papier heraus. „Sie können es selbst lesen. Was könnte ich danach noch tun?"

Unschuld auf einem Denkmal hätte in diesem Moment nicht freier von Arglist erscheinen können als Henriette. Sie reichte Mrs. Shadd den Zettel, die ihn mit wachsender Verwunderung las.

„Ist das nicht Ihre Handschrift – und Ihr Wappen und Ihr Papier?" fragte Henriette bittend.

„Es sieht auf jeden Fall danach aus", sagte Frau Shadd. „Wenn ich nicht gewusst hätte, dass ich es *nicht* geschrieben habe, hätte ich geschworen, dass ich es geschrieben habe. Woher könnte es kommen?"

„Ich nahm an, dass es von Onyx House kam", sagte Henriette schlicht und warf einen Blick auf den Umschlag.

„Nun – es ist eine sehr mysteriöse Angelegenheit", sagte Mrs. Shadd und erhob sich, „und ich – na ja, meine liebe Frau, ich – ich kann es Ihnen nicht verübeln – in der Tat, nach allem, was Sie getan haben, sollte ich – und ich bin Ihnen wirklich sehr dankbar.

„Wen hattest du am Mittwochabend zum Abendessen, Liebes?" fragte Henriette.

„Nur der Herzog und die Herzogin von Snarleyow und – Gnade! Ich frage mich, ob er es hätte tun können!"
"WHO?" fragte Henriette.
„ *Tommy Dare!* ", rief Mrs. Shadd und ihre Augen begannen zu funkeln. „Glauben Sie, das ist einer von Tommy Dares Witzen?"
"Hm!" überlegte Henriette, und dann lachte sie. „Es wäre ihm nicht unähnlich, oder?"
„Kein bisschen, der ungezogene Junge!" rief Frau Shadd. „Das ist es, Mrs. Van Raffles, so sicher wir hier stehen. Angenommen, nur um ihn zu beunruhigen, würden wir nie zugeben, dass etwas Außergewöhnliches passiert ist, oder?"
"Prächtig!" sagte Henriette begeistert. „Lasst uns so tun, als wäre alles genau so verlaufen, wie wir es erwartet hatten, und das Beste von allem: *Erwähnen wir es niemals ihm gegenüber oder seinem Verbündeten Bunderby , keinem von uns, nicht wahr?*"
"Niemals!" sagte Frau Shadd, stand auf und gab Henriette einen Abschiedskuss. „Das ist der beste Ausweg. Wenn wir das täten, wären wir

das Gespött von ganz Newport. Aber eines Tages in ferner Zukunft würde sich Tommy Dare besser um Pauline Shadd, Mrs. Van Raffles, kümmern."

Und so wurde vereinbart, und Henriette landete erfolgreich bei Mrs. Shadds Musical.

Jockobinski war übrigens sehr umgänglich und die Veranstaltung verlief gut. Alle waren da und niemand hätte einen Moment lang gedacht, dass die Verlegung der Szene vom Onyx House zur Bolivar Lodge etwas Seltsames sein könnte.

„Wer hat diesen Brief geschrieben, Henriette?" Ich fragte spät abends, wann der letzte Gast gegangen sei.

„Wen meinst du, Bunny, mein Junge?" fragte sie grinsend. „ Bunderby ?"

„Nein", sagte ich.

„Du hast richtig geraten", sagte Henriette.

Als Nachtrag möchte ich noch sagen, dass Tommy Dare meiner Meinung nach nie geahnt hat, was für einen erfolgreichen Scherz er Mrs. Shadd und der schönen Henriette verübt hat, bis er dies liest. Selbst dann bezweifle ich, dass ihm klar wird, wie gut es war – allen.

XI

DAS ABENTEUER DER MRS. INNITT'S KOCH

„Es ist merkwürdig, Bunny", sagte Henriette neulich nach einem ungewöhnlich späten Frühstück, „zu beobachten, mit welchen Eigenschaften bestimmte dieser Newport-Familien angekommen sind, wie man so sagt. Die Gasters gehören natürlich von Rechts wegen an die Spitze." Nachdem sie die amerikanische Gesellschaft oder zumindest die Maschine, die sie derzeit kontrolliert, erfunden haben, haben sie Anspruch auf alle Lizenzgebühren, die sie einbringt. Die Rockerbilts kamen ganz plötzlich dorthin, weil sie ihre Unterhaltung verschwenderisch gestalteten und in der Lage waren, Anleihen zu geben, um sie zu behalten Die Van Varick Shadds kamen durch ihre unbestrittene Zugehörigkeit zu den allseits beliebten Delaware Shadds und den Roe- Shadds of the Hudson, zwei der ältesten und angesehensten Familien der Vereinigten Staaten, hinzu , verstärkt durch die napoleonischen Qualitäten der Gegenwart Dank der Tatsache, dass Mrs. Shadd die anerkannte Schwiegermutter von drei britischen Herzögen, zwei italienischen Grafen und einem französischen Marquis ist, sind die Gullets sicher im gesellschaftlichen Hafen verankert wo sie wären, und das Gerücht, dass Mrs. Gushington -Andrews ein Buch geschrieben hat, das ein wenig gewagt ist, fixiert sie fest in der sozialen Konstellation — aber die Innitts haben nur achtzigtausend Dollar pro Jahr, die Dedbroke-Hickses haben nichts im Jahr , die Oliver- Soshingtons mit einem Einkommen aus Urteilen, die Untersuchung ihrer Ankunft ist äußerst interessant."

„Es interessiert mich nicht besonders", sagte ich. „In der Tat gefällt mir dieses amerikanische Smart-Set weder wegen seiner Smartheit noch wegen seiner Setzung ."

"Hase!" rief Henriette mit silbrigem Lachen. „Seien Sie vorsichtig. Ein Epigramm von Ihnen? Mein lieber Junge, Sie werden Gehirnfieber bekommen, wenn Sie nicht aufpassen."

„Hmpf!" sagte ich mit einem Schulterzucken . „Weder du noch mein lieber alter Freund Raffles haben mir je ein Gehirn zugetraut. Ich habe jedoch ein paar, die ich nutze, wenn es die Gelegenheit erfordert", sagte ich gedehnt.

„Nun, verschwende sie nicht hier, Bunny", lachte Henriette. „Bewahren Sie sie an einem Ort auf, an dem sie geschätzt werden. Vielleicht werden Sie in Ihrem Alter wieder im guten alten London sein und für *Punch spenden* , wenn Sie auf Ihren Verstand achten. Aber wie glauben Sie, dass die Oliver- Sloshingtons es jemals geschafft haben? hier drin?"

„Ich glaube, er hält den Scheidungsrekord", sagte ich. „Er war doch schon mit vier gesellschaftlichen Führern verheiratet, nicht wahr?"

"Ja-"

„Nun, er ist mit jeder Ehe zum Schwimmen gekommen – also hat er einen vierlagigen Griff“, sagte ich.

„Und die Dedbroke-Hickses ?“ fragte Henriette. „Wie erklären Sie sie?“

Decanterbury für viel Lacher gesorgt , und ihr Mann Smathers erzählt mir, dass sie wegen seines Einfallsreichtums bei Cotillion die schicksten Dinge sind, die es auf Wochenendpartys gibt.“ Anführerin und ihr unbestreitbarer Flirt-Charme, sie ist so locker mit Männern, dass sogar ich vor Angst zittere, wenn sie ins Haus kommt.

„Aber wie leben sie ? – Sie haben keinen Cent für ihren Namen“, sagte Henriette.

„Einfachheit an sich“, sagte ich. „Er wird von seinen Schneidern gekleidet und sie von ihrer Schneiderin; und was das Essen betrifft, nehmen sie von jeder Hausparty, an der sie teilnehmen, einen Koffer voll davon mit nach Hause. Sie sind so liebenswürdig.“ die Bediensteten sagen, dass sie nicht an Trinkgelder denken müssen, und was Smathers und Mrs. Dedbroke -Hicks' Dienstmädchen betrifft, sind sie bezahlte Reporter im Team von *The Town Tattler* und bereit, für die Gelegenheiten für Gegenstände kostenlos zu dienen die Verbindung gibt ihnen.“

„Nun – ich beneide sie überhaupt nicht“, sagte Henriette. „Die armen Kerle – immer zu nehmen und nie zu geben, muss eine furchtbare Anstrengung sein, obwohl ihre kleine Trolley-Party nach Tiverton und zurück natürlich herrlich war –“

„Genau; und mit Fahrgeld und Sandwiches und dem von den Importeuren kostenlos zur Verfügung gestellten Champagner für die Werbung kostete es sie genau zwölf Dollar und wurde als die lustigste Angelegenheit der Saison bezeichnet“, sagte ich. „Das nenne ich.“ Ich würde sie nicht bemitleiden, wenn ich du wäre. Sie sind glücklich.

„Aber Frau Innitt – ich beneide sie“, sagte Henriette; „Das heißt, in gewisser Weise. Sie führt überhaupt keine Gespräche, aber ihre kleinen Abendessen sind die tollsten Dinge der Saison. Nie mehr als zehn Personen gleichzeitig und alles wird auf den Punkt zubereitet.“

„Genau das ist es“, sagte ich. „Ich höre genug im Club, um zu wissen, was Mrs. Innitts Position ausmacht. Es ist ihre Köchin, das ist es, was es ausmacht. Wenn sie ihre Köchin verlieren würde , wäre sie Mrs. Outofit . Das gibt es nie.“ Waren solche Pfannkuchen, solche Pürees, solche zubereiteten Gerichte wie diese Frau? Sie verwandelt Haschisch in ein Konfekt und Leber und Speck in eine Delikatesse, und ihre Soßen sind so etwas wie gebratenes Nashorn Kein Wunder, dass Mrs. Innitt sich mit einer Köchin wie Norah Sullivan behaupten kann.

Einen Moment später tat es mir leid, dass ich gesprochen hatte, denn meine Worte elektrisierten sie.

„ Ich muss sie haben! " rief Henriette.

„Was, Frau Innitt ?" Ich fragte.

„Nein – ihre Köchin", sagte Henriette.

Ich stand entsetzt da. Da ich stets mit den Plänen von Frau Van Raffles sympathisierte und nie im geringsten aus moralischen Gründen Einwände gegen irgendeinen ihrer Erwerbspläne hatte, kam ich nicht umhin zu denken, dass sie dieses Mal vorhatte, zu weit zu gehen. Einem Millionär seine Anleihen zu stehlen, einer Nationalbank ihre Überschüsse, einem Philanthropen eine Bibliothek oder einem Metropolitan Boxholder einen Diamantenschneider, all das erschien mir meiner Sicht nach vernünftig und angemessen, aber zu rauben eine Nachbarin ihrer Köchin – wenn es ein schlimmeres Sozialverbrechen gibt, weiß ich nicht, was es ist.

„Denken Sie besser zweimal über diesen Vorschlag nach, Henriette", riet ich mit einem düsteren Kopfschütteln. „Es ist nicht nur ein gemeines Verbrechen, sondern auch ein gefährliches. Erfolg würde an sich schon den Ruin bedeuten. Mrs. Innitt würde Ihnen und der Gesellschaft als Ganzes niemals verzeihen …"

„Die Gesellschaft im Allgemeinen würde mit mir speisen statt mit Frau Innitt , das ist alles", sagte Henriette. „Ich habe vor, sie zu haben, bevor die Saison vorbei ist."

„Nun, ich ziehe die Grenze, wenn ich einen Koch stehle", sagte ich kalt. „Ich habe Kirchen ausgeraubt und mir Geld aus Frischluftgeldern verschafft, und ich habe Ihnen bei vielen anderen legitimen Vorhaben geholfen, aber bei diesem, Frau Van Raffles, müssen Sie es alleine schaffen."

„Oh, hab keine Angst, Bunny", antwortete sie. „Ich werde deine Reize nicht als Köder nutzen, um diese kulinarische Phyllis in das Arkadien zu locken, in dem du dich mit deiner Strephon-ähnlichen Gestalt vergnügst."

„Das solltest du überhaupt nicht tun", sagte ich schroff. „Es ist schlimmer als Mord, denn es ist im Dekalog zweimal verboten, während Mord nur einmal erwähnt wird."

"Was!" rief Henrietta. „Was, bitte, sagt der Dekalog über Köche, würde ich gerne wissen?"

„Erstens sollst du nicht stehlen. Du hast vor, diese Frau zu stehlen. Zweitens sollst du die Magd deines Nachbarn nicht begehren. Wie oft macht das?" Ich fragte.

„Meine Güte, Bunny", sagte Henriette, „aber du *bist* ein kleiner kleiner Puritaner, nicht wahr? Jeder würde wissen, dass du der Sohn eines Geistlichen bist! Nun, ich sage dir, ich werde nicht stehlen ." die Frau, und ich werde sie nicht begehren, das ist alles.

Zwei Wochen später verließ Norah Sullivan die Anstellung bei Mrs. Innitt und wurde in unserer Küche eingesetzt. und seltsamerweise kam sie aus einer Barmherzigkeit von Henriettes Seite – nachdem sie von Mrs. Innitt entlassen worden war .

Am Freitag vor Norahs Ankunft bat mich Henriette, ihr einen rostigen Nagel, ein Stück Kies von der Auffahrt, zwei Haarnadeln und eine Stahlmutter aus dem Auto zu besorgen.

„Was um alles in der Welt –", begann ich, aber sie brachte mich mit einer gebieterischen Geste zum Schweigen.

„Tu, was ich dir sage " , befahl sie. „Sie sind an diesem Unterfangen nicht beteiligt." Und dann gab sie offenbar nach. „Aber ich bin bereit, dir nur eines zu sagen, Bunny" – hier begannen ihre Augen freudig zu funkeln – „Ich gehe morgen Abend zum Abendessen zu Mrs. Innitt – also pass bis Montag auf Norah auf."

Ich wandte mich mürrisch ab.

„Sie wissen, wie ich zu diesem Thema denke", sagte ich. „Dieses Geschäft, als Gast in das Haus einer anderen Person zu gehen und deren Diener zum Verlassen zu bewegen, ist ein Verstoß gegen die Gesetze der Gastfreundschaft. Wie würde es Ihnen gefallen, wenn Frau Gaster." hat mich dir gestohlen?

Henriettes Antwort war ein rätselhaftes Lächeln. „Es steht dir frei, deinen Zustand zu verbessern, Bunny", sagte sie. „Aber ich werde Mrs. Innitt nicht ausrauben , wie ich Ihnen schon einmal gesagt habe. Sie wird Norah entlassen und ich werde sie mitnehmen, das ist alles; seien Sie also ein guter Junge und bringen Sie mir den Nagel, den Kies und die Haarnadeln." und der Autoverrückte."

Ich besorgte die gewünschten Artikel für meine Herrin, und am nächsten Abend ging sie zu Mrs. Innitts kleinem Abendessen bei Miss Gullet und ihrem Verlobten, Lord Dullpate , dem ältesten Sohn des Herzogs von Lackschingles , der nach Amerika gekommen war, um der Beobachtung zu entgehen das Insolvenzgericht und nahm die absurden Gegenstände mit. Als sie um 2 UHR MORGENS ZURÜCKKAM , strahlte sie strahlend und triumphierend.

„Ich habe gewonnen, Bunny – ich habe gewonnen!" Sie weinte.

"Wie?" Ich habe nachgefragt.

„Mrs. Innitt hat Norah entlassen, obwohl ich sie gebeten habe, es nicht zu tun", sang sie ehrlich.

"Aus welchen Gründen?"

„Mehrere", sagte Henriette und öffnete ihren Handschuh. „Anfangs war ein rostiger Nagel in meinem Muschelcocktail, an dem ich fast erstickt wäre. Ich habe mir alle Mühe gegeben, Mrs. Innitt davon abzuhalten, zu sehen, was passiert ist, aber sie ist wachsam, wenn auch nicht klug, und alle meine Bemühungen haben geholfen Umsonst war sie natürlich sehr beschämt und entschuldigte sich überschwänglich, bis der Fisch zum größten Entsetzen meiner Gastgeberin auftauchte, die nun anfing, besorgt auszusehen -Pin Nummer zwei feierte sein Debüt in meiner Timbale. Das war zu viel für die wachsame Mrs. Innitt , so selbstsicher sie auch immer ist, und trotz meiner Einwände entschuldigte sie sich für einen Moment vom Tisch, und das schließe ich aus der Röte Als sie fünf Minuten später zurückkam, verrieten ihre Wangen, dass ihr irgendwo jemand die Tat vorgelesen hatte.

„Ich verstehe es überhaupt nicht, Frau Van Raffles', sagte sie mit einem verlegenen Lächeln. , Cook ist völlig nüchtern. Wenn so etwas jemals wieder passiert, wird sie gehen.'"

„Auf dem Weg zur Barly Church überfiel ich Norah"

„Auch als Mrs. Innitt Als ich sprach, führte ich mir ein köstliches Stück Filet Mignon mit Pilzen in den Mund und brach mir fast den Zahn an einem Stück Kies, das dazu gehörte, und Norah war verloren, denn obwohl wir alle herzlich lachten, war die Sache zu einem echten Witz geworden , aus dem Gesichtsausdruck von Frau Innitt war deutlich zu erkennen, dass sie sehr, sehr wütend war.

„,Verzeihen Sie ihr diesmal meinetwegen, Frau Innitt ', flehte ich. ,Es sind schließlich die kleinen Überraschungen, die dem Leben Lebensfreude verleihen.'"

„Und Sie mussten nicht die Autonuss benutzen?" Ich war tief beeindruckt vom Einfallsreichtum der Frau.

„Oh ja", sagte Henriette. „Als das Abendessen voranschritt, hielt ich es für klug, es zu verwenden, um Mrs. Innitt vor dem Ermüden zu bewahren; und als der Salat gereicht wurde, gelang es mir, ohne dass es jemand bemerkte, die Autonuss in die Schüssel fallen zu lassen. Der Herzog von Snarleyow bekam sie und die … Der Höhepunkt war erreicht. Mrs. Innitt brach in Tränen aus und – nun, morgen, Bunny, wird Norah ihr diesen Zehn-Dollar-Schein abnehmen und ihr sagen, dass es mir leid tut, dass sie sich so sehr darauf eingelassen hat Sagen Sie, wenn ich ihr helfen kann, muss sie nur hier anrufen und ich werde tun, was ich kann, um ihr einen anderen Platz zu verschaffen.

Damit zog sich Henriette zurück und am nächsten Morgen, auf dem Weg zur frühen Kirche, überfiel ich Norah. Ihre Augen waren rot vom Weinen, aber eine empörtere Frau lebte nie. Ihre Entlassung war ungerecht; Mrs. Innitt war keine Dame; der Butler war an einer Verschwörung beteiligt, um sie zu ruinieren – und so weiter; tatsächlich war ihre Stimmung für die Förderung von Henriettes Plänen äußerst empfänglich. Der Zehn-Dollar-Schein war beruhigend und zeigte an, dass meine Herrin eine „ feine Frau“ war und „Norah sicher am Abend vorbeikommen und sie um Hilfe bitten würde.“

„Ich bin ruiniert, es sei denn, jemand ist gut zu mir und gibt mir eine Referenz , was Mrs. Innitt , eine schlechte Frau für sie, überhaupt nicht tun würde“, jammerte sie, und dann verließ ich sie.

Sie rief noch am selben Abend an und zwei Tage später wurde sie in der Küche von Van Raffles installiert .

Ein neuer Schatz wurde zu den Vorräten unserer Beute hinzugefügt, aber irgendwie war ich nie glücklich über den erfolgreichen Verlauf des Unternehmens. Ich kann mir nicht ganz vorstellen, dass es für Henriette eine damenhafte Sache war, dies zu tun, selbst in Newport.

XII
DAS LETZTE ABENTEUER

Ich bin in Tränen gebadet. Ich habe versucht, meine Empfindungen niederzuschreiben und die Geschichte des letzten Abenteuers von Mrs. Van Raffles in klaren Worten zu erzählen, aber obwohl meine Feder schnell über das Papier fährt, zeichnet die Tinte die Fakten nicht auf. Mein Kummer ist so groß und so tief, dass meine Tränen, wenn sie in das Tintenfass fallen, es in eine Flüssigkeit verwandeln, die so dünn ist, dass sie das Papier nicht hinterlässt, und wenn ich es mit dem Bleistift versuche , werden die Worte kaum niedergelegt, bevor sie verwischt sind aus. Und doch befinde ich mich trotz all dieses Leids als Multimillionär – im Besitz von Beträgen, die meine kühnsten Träume von Vermögen so weit übersteigen, dass mein Auge die Gesamtheit aller Zahlen kaum erfassen kann. Meine in Silber gemünzten Dollars würden übereinander gelegt einen Bullionturm bilden, der höher in die Luft ragen würde als fünfzehn übereinanderliegende Kuppeln des Petersdoms, die auf siebzehn Türmen der Dreifaltigkeit auf dem Gipfel des Mont Blanc stehen. In nebeneinander gelegten Fünf-Pfund-Noten würden sie ausreichen, um jedes Stück Schlafzimmerwand in allen Astor-Häusern der Welt zu tapezieren, und in Amalgamiertes Kupfer investiert, würden sie das System vor Neid erblassen lassen – und doch bin ich nicht glücklich. Das letzte Abenteuer meiner geliebten Henriette hat mein Vermögen in bitterste Galle verwandelt, und schlichter, ungeschminkter Wermut bildet den Abschluss meines Inneren, denn sie ist weg! Ich war in der Lage, inmitten der Pracht meiner neu entdeckten Besitztümer nicht nur eins, sondern hundert Autos zu behalten, die Geldstrafen des Chauffeurs zu bezahlen, Lehrstühle an Universitäten zu stiften und in jedem Weiler des Landes, von Podunk bis Richard, Bibliotheken zu bauen Mansfield, der drei Mahlzeiten am Tag zu sich nimmt, im St. Regicide übernachtet und meine Steuern hinterzieht, ohne Verdacht zu erregen, ist verzweifelt und verlassen, denn ich wiederhole, Henriette ist gegangen! Die Natur ihres letzten erfolgreichen Abenteuers hat das Licht meines Lebens ausgelöscht.

Sie hat Constant- Scrappe gestohlen !

Wenn ich in dieser tragischen Stunde leichten Herzens sein könnte, würde ich diese Geschichte „Das Abenteuer des aufgehobenen Verlobten" nennen, aber das würde so wenig zu meinen Gefühlen passen, dass ich mich nicht dazu durchringen kann. Ich muss mich damit begnügen, ohne Frivolität und schweren Herzens die einfachen Fakten zu erzählen, zu denen der Ehrgeiz meiner Geliebten sie geführt hat.

Natürlich wissen Sie, was ganz Newport seit Monaten weiß, dass die Constant- Scrappes die Scheidung anstrebten, nicht weil sie einander weniger liebten, sondern dass beide Parteien des South-Dakota-Prozesses einander mehr liebten. Colonel Scrappe war seit langem der glühendste Bewunderer von Mrs. Gushington -Andrews, und Mrs. Constant- Scrappes Hingabe an den jungen Harry de Lakwitz war seit mindestens zwei Staffeln für jeden Beobachter mit halbem Auge offensichtlich. Gushington – Andrews hatte sich rücksichtsvoll aus dem Weg geräumt, indem er mit Tottie Dimpleton von den Frivolity Burlesquers nach Südafrika durchgebrannt war , und Harry de Lakwitz' einzige dokumentierte Ehe war von den Gerichten annulliert worden, weil zum Zeitpunkt seiner Hochzeit der Vierzigjährige – Als altes Hausmädchen der Belleville Boarding-School for Boys in Skidgeway , Rhode Island, war er erst fünfzehn Jahre alt. Folglich waren sie beide berechtigt, und vorausgesetzt, die Constant- Scrappes konnten durch die Gesetze von South Dakota so beeinflusst werden, dass sie voneinander befreit wurden, gab es keinen triftigen Grund, warum die Sehnsüchte dieser leidenschaftlichen Seelen nicht alle befriedigt werden sollten. Tatsächlich waren beide Verlobungen vorläufig angekündigt worden, und nur die Unterzeichnung des Dekrets, das die Constant- Scrappes von ihren gegenseitigen Verpflichtungen befreite, stand nun zwei Hochzeitszeremonien im Weg, die vier Herzen zum Schlagen bringen würden. Die Aussteuer von Mrs. Gushington -Andrews war fertig, und die der zukünftigen Mrs. de Lakwitz war bestellt; Beide Damen hatten ihre Verlobungsringe erhalten, als die unergründliche Henriette Constant- Scrappe für sich entschied. Oberst Scrappe war aus Monte Carlo zurückgekehrt, nachdem er zweimal die Bank gesprengt hatte, und Henriette hatte ihn bei einem kleinen Abendessen getroffen, das Mrs. Gushington -Andrews ihm zu Ehren gegeben hatte. Er erwies sich als äußerst charmanter Mann, und es bedurfte keiner viel schärferen Wahrnehmung als meiner, um zu begreifen, dass er einen großen Eindruck auf Henriette gemacht hatte, obwohl sie mir gegenüber bis zum letzten Schlag nie etwas davon erwähnte kam. Ich bemerkte lediglich eine wachsende Besorgnis in ihrem Verhalten und in ihrer Haltung mir gegenüber, die sich spürbar veränderte.

„Ich denke, Bunny", sagte sie eines Morgens zu mir, als ich ihr Marmelade und Toast brachte, „dass du mich in Anbetracht unserer Beziehungen zueinander nicht Henrietta nennen solltest. Schließlich bist du, weißt du, in erster Linie als mein Butler hier, und es gibt einige Anstandsregeln, die auch in dieser Newport-Atmosphäre beachtet werden sollten."

„Aber", protestierte ich, „bin ich nicht mehr als das? Ich bin doch Ihr Partner, nicht wahr?"

„Du bist mein Geschäftspartner – nicht mein sozialer Partner, Bunny", sagte sie. „Wir dürfen Gesellschaft und Wirtschaft nicht vermischen. In diesem Haus bin ich Herrin der Situation; Sie sind der Butler – das ist die genaue Bedingung, und ich halte es für gut, dass Sie später die wahre Wahrheit erkennen und übermäßige Vertrautheit vermeiden, indem Sie sie ansprechen." Ich als Mrs. Van Raffles. Sollten wir jemals ein Büro für unsere Einbruchsfirma in New York oder anderswo eröffnen, können Sie mich dort so nennen, wie Sie möchten. Hier müssen Sie sich jedoch an die Etikette Ihrer Umgebung halten *Frau* Van Raffles im Folgenden."

„Und soll es Mr. Bunny sein?" Ich erkundigte mich sarkastisch.

Ihre Reaktion war ein kalter Blick und eine majestätische Bewegung aus dem Raum.

„HENRIETTE TESTET DAS FÜNFZIGTAUSEND-DOLLAR-KLAVIER"

An diesem Abend kam Oberst Scrappe vorbei, angeblich um sich das Haus anzusehen und als Vermieter, um zu sehen, ob er irgendetwas tun könnte, um es komfortabler zu machen, und ich, blinder Narr, der ich im Moment war, glaubte, dass dies sein eigentlicher Auftrag sei. und wagte es, Henriette an das Leck im Dach zu erinnern, woraufhin sie beide, wie ich dachte, amüsierte Blicke austauschten, und *er* stieg ernst die Treppe zum Dach des Hauses hinauf, um es sich anzusehen. Bei unserer Rückkehr entließ mich Henriette und teilte mir mit, dass sie meine Dienste im Laufe des Abends nicht mehr in Anspruch nehmen würde. Selbst dann wurde mein Verdacht nicht geweckt, obwohl ich ein dumpfes, unruhiges Gefühl in meinem Herzen hatte, dessen genaue Ursache ich nicht definieren konnte. Ich ging in den Club und verbrachte einen miserablen Abend, als ich gegen Mitternacht nach Hause kam und feststellte, dass Oberst Scrappe immer noch da war. Offenbar untersuchte er das Haus und seinen Inhalt gründlich, denn als ich ankam, testete Henriette für ihn das Fünfzigtausend-Dollar-Klavier im

Wohnzimmer mit einer brillanten Wiedergabe von „O Promise Me". Zu welcher Entscheidung sie hinsichtlich des Tons und der Qualität gelangten, erfuhr ich nie, denn trotz meiner Hinweise zu diesem Thema sprach Henriette nie mit mir darüber. Ich hätte wohl anfangen sollen zu erraten, was sich damals direkt vor meiner Nase abspielte, aber Gott sei Dank bin ich nicht misstrauisch, und obwohl mir das Aussehen der Dinge nicht gefiel, wurde mir die unvermeidliche Bedeutung ihres seltsamen Verhaltens nie klar in meinem Kopf. Selbst als Colonel Scrappe Henriette zwei Nächte später um Mitternacht von einem Vortrag über die Unergründlichkeit des Sartor Resartus bei Mrs. Gushington -Andrews nach Hause begleitete, kam mir das nicht ungewöhnlich vor, obwohl ich nicht sofort nach Hause ging, wie es die meisten Begleitpersonen unter diesen Umständen tun , blieb er etwa zwei Stunden lang dabei, das höllische Klavier noch einmal zu testen, und zwar mit der gleichen alten Melodie.

Dann begannen die Autofahrten, und fast jeden Morgen, lange bevor die höfliche Gesellschaft erwachte, unternahmen Oberst Scrappe und Henriette gemeinsam lange Fahrten durch das Land in ihrem Mercedes, zu welchem Zweck, weiß ich nie , aus welchem Interesse der Oberst auch hatte Was unser Wohlergehen als Vermieter betrifft, konnte ich mir beim besten Willen nicht vorstellen, wie es auf unsere Autos ausgeweitet werden könnte. Was mir jedoch auffiel, war eine wachsende Kälte zwischen Henriette und Mrs. Gushington -Andrews. Letztere kam eines Nachmittags, etwa zwei Wochen nach Colonel Scrappes Rückkehr, zu einer Kartenparty in der Bolivar Lodge , und ihre Begrüßung ihrer Gastgeberin war statt der altmodischen Überschwänglichkeit einigermaßen kühl. Tatsächlich bezweifle ich, dass sich mehr als die Fingerspitzen berührten, als sie die Hände falteten. Darüber hinaus gewann Mrs. Gushington -Andrews, die bis dahin als eine der besten Fäuste im Bridge- oder Heart-Bereich des 400er-Turniers galt, tatsächlich den Sprengpreis, den ich sah, wie sie ihn auf die Straße warf, als sie ging. Es war offensichtlich, dass etwas passiert war, das ihren Gleichmut störte.

Meine Augen wurden schließlich durch eine Bemerkung von Digby, dem Kammerdiener von Reggie de Pelt, im Club geöffnet, der mich fragte, wie mir mein neuer Chef gefalle, und dessen Erklärung der Frage zu einer vollständigen Enthüllung des wahren Sachverhalts in dem Fall führte. Jeder wisse, sagte er, dass Mrs. Van Raffles von dem Moment an, als sie ihn kennengelernt hatte, Colonel Scrappe den Vorzug gegeben hatte und dass er sich bei der ersten Begegnung mit ihr Hals über Kopf in sie verliebt hatte, selbst in seiner Gegenwart Verlobte. Natürlich habe ich Digbys Unterstellungen vehement zurückgewiesen, und die Diskussion hat uns so sehr erhitzt, dass ich, als ich an diesem Abend nach Hause kam, zwei stark verfärbte Augen hatte und Digby – nun ja, Digby ging überhaupt nicht nach Hause. Wir wurden beide für vier Wochen vom Gentleman's Gentleman's

Club suspendiert, weil wir uns infolgedessen unhöflich verhalten hatten. So schwarz meine Augen auch waren, am nächsten Morgen saß ich am Frühstückstisch, und natürlich beobachtete Henriette meine Verletzungen.

„Warum, Hase!" Sie weinte. „Was hat das zu bedeuten? Hast du gekämpft?"

„Oh nein, Mrs. Van Raffles", erwiderte ich sarkastisch, „ich habe gerade meine Augen angestrengt, als ich die Scheidungsnachrichten aus South Dakota gelesen habe."

Sie zuckte plötzlich zusammen.

"Wie meinst du das?" sie verlangte, ihr Gesicht wurde heiß.

„Du weißt genau, was ich meine", erwiderte ich wütend. „Ihre Affären mit Oberst Scrappe sind in aller Munde, und ich habe diese Augen bei einer kleinen Diskussion über Ihre Eheabsichten bekommen. Das ist alles."

„Verlassen Sie sofort den Raum!" rief sie, stand auf und deutete hochmütig auf die Tür. „Du bist unerträglich."

Aber die Farbe in ihren Wangen zeigte, dass ich viel härter getroffen hatte, als sie zugeben wollte. Mir blieb nichts anderes übrig, als demütig zu gehorchen, aber mein Blut war in Wallung, und statt in meinem Zimmer Trübsal zu blasen, machte ich mich auf den Weg, um zu sehen, ob ich Constant- Scrappe finden könnte . Meine Liebe zu Henriette war zu tief, als dass ich still danebensitzen und zusehen konnte, wie ein anderer mit dem einzigen wahrhaft begehrten Preis meines Lebens davonging, und ich war sofort bereit, den Oberst am Kragen zu packen – er war nur ein Gouverneursstab Jedenfalls Colonel, und daher keine großen Erschütterungen als Kämpfer – und ihn in den Hafen werfen, aber meine Suche war vergeblich . Er war an keinem seiner vertrauten Orte zu finden, und ich kehrte zur Bolivar Lodge zurück. Und dann kam der Schock. Als ich mich dem Haus näherte , sah ich, wie der Oberst Henriette in den Wagen half, und als Antwort auf das „Wohin, Sir" des Chauffeurs hörte ich Scrappe mit aufgeregtem Unterton antworten:

„Nach New York – und verdammt noch mal die Geschwindigkeitsgesetze."

Im Nu waren sie an mir vorbeigerast wie der Blitz eines Schnellzugs, und Henriette war verschwunden!

Den Rest müssen Sie kennen. Die Zeitungen am nächsten Tag waren voll von der Flucht ins Highlife. Sie erzählten, wie die Scrappe- Scheidung am Tag zuvor um fünf Uhr nachmittags bewilligt worden war, wie Colonel Scrappe und Mrs. Van Raffles im Auto nach New York gerast waren und in der kleinen Kirche um die Ecke stillschweigend geheiratet hatten, und segelten nun mit der *Hydrostatic die Bucht hinunter* in Richtung fremder Gefilde.

Sie gaben außerdem zu verstehen, dass eine sehr attraktive Dame mit außergewöhnlich überschwänglichem Auftreten, deren Hochzeitsdatum bald zum zweiten Mal veröffentlicht werden sollte, in ein Sanatorium in Philadelphia gegangen sei, um sich wegen eines plötzlichen und überwältigenden Anfalls nervöser Hysterie behandeln zu lassen.

Es war nur allzu wahr, diese Geschichte. Henriettes letzter Coup war erfolgreich gewesen, und sie hatte auf einen Schlag ihren Vermieter, den Ehemann ihrer Vermieterin und den Verlobten ihrer Nachbarin gestohlen. Um mich zu trösten, hinterließ sie diese Nachricht, die an Bord des Dampfers geschrieben und vom Piloten per Post verschickt wurde.

AN BORD DER HYDROSTATIK .
OFF SANDY HOOK , *10. September 1904* .

LIEBER HASE , ich konnte nicht anders. In dem Moment, als ich ihn sah, hatte ich das Gefühl, dass ich ihn haben muss. Es ist der bisher erfolgreichste Fang und das letzte Abenteuer, das ich jemals erleben werde. Er ist vierzig Millionen Dollar wert. Es tut mir leid für dich, Liebes, aber das ist alles nur eine Geschäftssache. Um Sie zu trösten, habe ich in Ihrem Namen alles hinterlassen, was wir gemeinsam in unserer Partnerschaft in Newport gewonnen haben   —   vierzehn Millionen fünfhundertdreiundsechzigtausendneunhundertsiebenundsiebzig Dollar in bar und etwa drei Millionen Dollar in Juwelen, die Sie muss sorgfältig verhandeln. Auf Wiedersehen, lieber Hase, ich werde dich nie vergessen und wünsche dir alles Glück der Welt. Warum gehen Sie nicht in den Ruhestand, wenn Sie jetzt über die Mittel verfügen, gehen Sie nach England und erneuern Sie Ihr Studium für den Dienst? Die Kirche ist ein edler Beruf.

Mit freundlichen Grüßen
HENRIETTE VAN RAFFLES- SCRAPPE .

Ich habe diese dürftigen Besitztümer zusammengetragen – reich an Goldbarren, aber dürftig an Glück, wenn man bedenkt, was alles hätte sein können, und morgen reise ich nach London. Dort werde ich, Henriettes Rat folgend, mit dem Studium des Pfarramts beginnen, und wenn ich zum Priester geweiht bin, werde ich mir irgendwo einen Lebensunterhalt verdienen und mich in der ruhigen Existenz des Predigers, des Hirten einer Herde menschlicher Schafe niederlassen.

„Mein Elend ist tief, aber ich werde von einer großen Hoffnung getragen"

Mein Elend ist tief, aber in jedem meiner Gedanken ruht eine große Hoffnung.

Diese Newport-Ehen sind fürs Leben so selten, dass ich dennoch Hoffnung habe, dass Henriette eines Tages zu mir zurückgebracht wird, ohne dass dies notwendigerweise einen ernsthaften Unfall für ihren Mann, den Oberst, nach sich zieht.

www.ingramcontent.com/pod-product-compliance
Lightning Source LLC
LaVergne TN
LVHW041737190726
843493LV00008B/2402